圖解

三大特色
- 一讀就懂的文學概論入門知識
- 文字敘述淺顯易懂、提綱挈領
- 圖表形式快速理解、加強記憶

圖解系列

文學概論

鄭淑娟
張佳弘 編著

閱讀文字

理解內容

觀看圖表

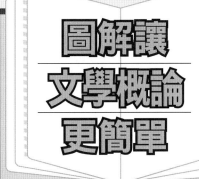

圖解讓
文學概論
更簡單

五南圖書出版公司 印行

本書目錄

第 1 章　文學的基本概念

UNIT 1-1　文學的定義及其價值　2

UNIT 1-2　文學的起源與流變　5

UNIT 1-3　文學的範疇　7

UNIT 1-4　文學與生活　15

UNIT 1-5　文學與藝術　18

UNIT 1-6　文學與社會　22

UNIT 1-7　文學與創意　24

UNIT 1-8　文學與想像力的關係　27

問題思考與單元習作　28

第 2 章　小說概論

UNIT 2-1　小說的基本要素　30

UNIT 2-2　古典小說概述與舉隅　32

問題思考與單元習作　33

第 3 章　散文概論

UNIT 3-1　散文概述與舉隅　36

UNIT 3-2　旅遊散文的特色　39

UNIT 3-3　勵志散文　42

UNIT 3-4　寓言故事　44

UNIT 3-5　小品文概述　46

問題思考與單元習作　46

第 **4** 章 詩詞概論

UNIT *4-1*　詩的特色　50

UNIT *4-2*　古典詩析論與舉隅　55

UNIT *4-3*　現代詩與歌詞創作　58

UNIT *4-4*　詞作析論與舉隅　60

問題思考與單元習作　62

第 **5** 章 戲劇概論

UNIT *5-1*　戲劇概說　66

UNIT *5-2*　古典戲劇賞析與舉隅　68

UNIT *5-3*　現代戲劇賞析與舉隅　72

UNIT *5-4*　戲劇展演概述　74

問題思考與單元習作　74

第 **6** 章 文學與創作

UNIT *6-1*　創作與生活　78

UNIT *6-2*　創作與靈感　80

UNIT *6-3*　小說創作　82

UNIT *6-4*　散文創作　85

UNIT *6-5*　詩的創作　87

UNIT *6-6*　劇本創作　89

問題思考與單元習作　89

第 **7** 章 文學賞析

UNIT *7-1*　小說的賞析視角　92

UNIT *7-2*　散文的賞析視角　95

UNIT *7-3*　詩的賞析視角　98

問題思考與單元習作　99

第 8 章　作者風格與作品的關係

UNIT 8-1　何謂風格　102

UNIT 8-2　散文家風格及其作品舉隅　104

UNIT 8-3　現代詩人及其作品舉隅　108

UNIT 8-4　現代劇作家及其作品舉隅　110

問題思考與單元習作　110

第 9 章　文學與超文本

UNIT 9-1　超文本概述　114

UNIT 9-2　文學與繪本　116

UNIT 9-3　文學與傳播　118

UNIT 9-4　小說與電影　119

UNIT 9-5　網路文學　121

UNIT 9-6　多媒體創作　123

問題思考與單元習作　123

第 10 章　文學、閱讀與思考

UNIT 10-1　閱讀與文學創作　126

UNIT 10-2　思考與文學創作　129

問題思考與單元習作　129

第 11 章　文學與修辭

UNIT 11-1　修辭法概述　132

UNIT 11-2　譬喻法的運用　134

UNIT 11-3　轉化法的運用　136

UNIT 11-4　象徵法的運用　137

UNIT 11-5　類疊法的運用　138

問題思考與單元習作　138

第 12 章　文學與文化

UNIT *12-1*　文學是文化的傳播者　142

UNIT *12-2*　文學語言與文化　144

問題思考與單元習作　144

第 13 章　應用文學

UNIT *13-1*　中國文字的特色　148

UNIT *13-2*　報導文學　150

UNIT *13-3*　新聞稿　152

UNIT *13-4*　廣告詞　155

UNIT *13-5*　傳記文學　157

UNIT *13-6*　演說　159

UNIT *13-7*　對聯　162

UNIT *13-8*　謎語　165

UNIT *13-9*　笑話　167

問題思考與單元習作　168

第 14 章　文學評論

UNIT *14-1*　何謂文學評論　172

UNIT *14-2*　讀者與作品評論　174

UNIT *14-3*　作品、作者與文學評論　175

問題思考與單元習作　176

參考書目　177

第 1 章

文學的基本概念

● 章節體系架構

UNIT 1-1 文學的定義及其價值

UNIT 1-2 文學的起源與流變

UNIT 1-3 文學的範疇

UNIT 1-4 文學與生活

UNIT 1-5 文學與藝術

UNIT 1-6 文學與社會

UNIT 1-7 文學與創意

UNIT 1-8 文學與想像力的關係

UNIT 1-1
文學的定義及其價值

關於文學的定義，歷來各有不同，但透過各家之說，我們也能一窺文學的多元性樣貌。關於文學的字面上定義，我們暫且存而不論。本單元想探討的問題是：「什麼是文學？」其核心內涵為何？又文學與生活具有怎樣的關係？

一、什麼是文學？

什麼是文學？這個問題並沒有標準答案。簡單地說，文學就是生活中各個層面的反映，是指作者透過文字，將他對生活的體驗後所產生的思想與感情，真實地或揉合想像而表達出來的一種文字型態。通常以小說、散文、新詩或劇本的模式呈現，故也可視為一門生活藝術。因為文學所依賴的基本傳達媒介是文字，因此，如何透過文字，將內心的所思所感表達得傳神而貼切，便顯得十分重要，這同時也是顯現文學家的創作功力之所在。

㈠ 文學像一面雙稜鏡

文學作為一門生活藝術，它所要傳達的，就是生活各個層面的反映。文學就像一面雙稜鏡，透過這面雙稜鏡，讀者不僅可以看到作者對生活各個層面（包括友情、愛情、親情、人、事、物等）的體悟與豐富想像力外，也可透過小說中的人物形象與故事情節的發展而照見自我，進而達到自我生命的反思。同時，也能照見自己生活的樣貌，與個人的生活情況相對照，從中檢視自己的思想與情感，感悟人生、體味生活，進一步調整個人的生活步調與人生方向。因此，文學就像一面借鏡，透過別人的生命經驗，幫助我們檢視自己的生活，進而得到心靈與思想上的啟發，調整我們的心態，重新以嶄新的步調與方向來面對人生。

㈡ 文學能開拓視野

文學能開拓一個人的視野，原因何在？

我們每個人終其一生，除了經常往來各地做生意的商業人士、演藝人員外，大多數人終將選擇一分固定的職業，因為工作而受限在一定的時空裡，很少有人能在同一時間內，出現在不同的國家，過著全然不一樣的生活。例如：前一分鐘人還在臺灣，下一分鐘人已經在美國，過著多元化的生活。以一般上班族而言，在日常能體驗的生活層面其實很有限。例如一位銀行員，每天花在銀行裡的工作時間至少八小時以上；老師與學生，每天生活的範圍多在學校，不可能早上在臺灣上課，又同時在世界的某個地方進行另一項工作（除非透過網際網路）。因此，人們的生活經歷自然因生活範圍與環境而受到有形與無形的限制。

然而透過閱讀，我們便能經由文字的帶領，引領我們的心靈與精神環遊宇宙、優遊於人世，品味不一樣的生命經驗。也能經由文字的帶領，讓我們在想像的國度裡，經歷不一樣的人生，這便是文學的迷人之處，它能暫時將我們帶離現實生活，使我們乘著文字的翅膀，進行一場心靈的旅行，穿越時空限

制，環遊於古今中外以及全宇宙，在經典中與大師對話。例如：當我們閱讀梅濟民先生的《北大荒》一書時，彷彿也能跟隨作者回到他曾經生活過的哈爾濱草原，去經歷草原裡的甜蜜愛情與粗獷生活中所隱含的危險。透過作者生動的文字敘述，帶領我們身歷其境，感受被狼群圍困而差點失去性命的驚險與刺激。

《北大荒》記錄了梅先生年輕時在東北哈爾濱草原的生活情景，書中反映出草原婚禮、被野狼包圍等生活場景，讓一生少有機會至哈爾濱草原生活的我們大開眼界。這樣的人生、這樣的生活，除了住在北方的草原民族外，很少有人能有機會親身經歷。但透過文學，透過閱讀，我們彷彿也能經歷一場草原生活的洗禮，想像自己正是被狼群所包圍的人，便多少能體會在那樣的當下，內心所感覺到的緊張與複雜心緒。

又，當我們閱讀《哈利波特》一書時，隨著文字生動鮮明的敘述，讓讀者也能想像自己擁有魔法將會是怎樣的景況？擁有了魔法以後，就能擁有一個更順遂的人生嗎？而魔法所象徵的真正意義又是什麼呢？

《哈利波特》一書所傳達的重要意涵是：每個人都擁有屬於自己的特殊「魔法」，每個人生命中的愛與宗教力量等支持網絡系統，便是我們能用以勝過生命中諸多難關的魔法。同樣地，每個人也都有不一樣的魔障，有的人生命中的魔障是恐懼，害怕接觸新的人、事、物，害怕站在眾人面前講話，害怕心裡所想像出來的某種莫名恐懼，害怕一種其實長得很微小的動物，害怕去愛與被愛。透過文學這面雙棱鏡，我們幾乎能照見自己的恐懼、不安與懦弱，提醒我們，生命中的愛與支持力量，才是幫助我們克服人生中各種困境時堅固柔情。但透過文學，我們彷彿得以看見那分潛藏生命底層中的堅固力量。

文學的價值本是無形，而無形的價值最容易為人們所忽略，卻往往也是最重要的。

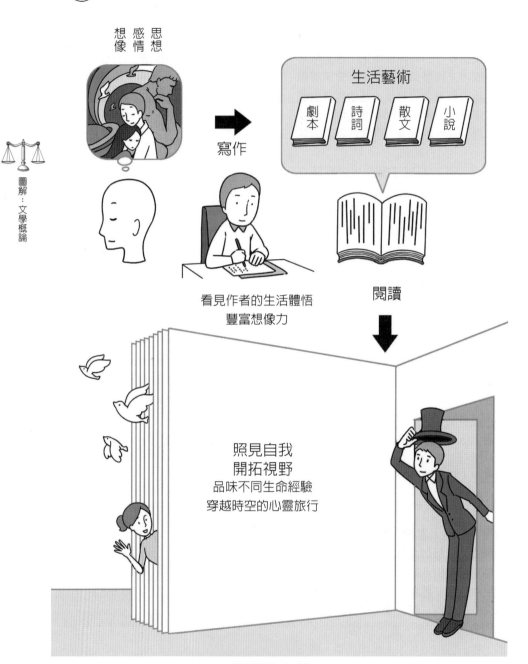

什麼是文學？

UNIT 1-2
文學的起源與流變

文學的起源，歷來眾說紛紜。大致上可歸納出下列幾種說法：

一、遊戲說

有人主張文學起源於遊戲，而何謂遊戲呢？每個人對於遊戲的定義不盡然相同，有人可能將遊戲定義為玩耍，有人可能很喜歡自己所作的事，因此認為工作等同於遊戲。更有多數的人談論到遊戲，會認為它是小孩子才會做的事。事實上，大人也需要遊戲，以今之話語論之，姑且可稱之為「休閒」。休閒是為了讓自己在休息充電後，再次充滿能量地回到工作崗位上，重新出發。

王國維《文學小言》說：

「文學者，遊戲的事業也。人之勢力，用於生存競爭而有餘，於是發而為遊戲。……而成人以後，又不能以小兒之遊戲為滿足，於是對其自己之情感及所觀察之事物而摹寫之，詠嘆之，以發泄所儲蓄之勢力。」王國維將遊戲視為生存競爭之餘，行有餘力而發泄精力是為遊戲，又說文學者，遊戲的事業，可見文學向來被視為小道。然而，小道之學也能有大大的效用，撇開對遊戲的負面解讀不談，遊戲的確能讓我們放鬆心情，在遊戲的天地裡，找到另一個異於現實生活的多采多姿的氛圍與力量。

二、文學起源於生活記錄

早期人們為了記錄生活上的點點滴滴，加上道聽塗說，佐以想像，故而有了小說的產生。因此，文學有著記錄生活的作用。不論是以日記的形式記錄，或以小說、散文、詩等形式，都能反映出人們當下的生活樣貌，小說家有時類似新聞記者般地記錄下生活中的大大小小趣聞。

三、文學起源於表現

中國人在面對大自然時，向來懷有敬畏的精神。先民因為不了解大自然的多樣變化，故而對於許多大自然現象賦予豐富的想像力，例如：面對地震、暴風雨、閃電等天災時，除了心生畏懼之外，也會加以想像描繪，認為大自然中有一股超越於現象界之外的無以名狀之存在力量，足以主宰並影響現實世界，於是便有了神話故事的產生。神話故事的描繪，則可說是文學的雛型。

《詩·大序》說：「詩者，志之所之也。在心為志，發言為詩……。」可見，人類本身在內心深處，本有一些想法有待表達，想說出來的話，若以文字呈現即成為詩，成為文學作品。另外，日本有名的文學家廚川白村在他的《苦悶的象徵》一書中提到：「文藝是純粹生命的表現，是完全擺脫了外來的控制與壓抑，而能以絕對的心境表達個性的惟一世界。」廚川白村認為文學是一種生命的表現，也是一種苦悶的象徵。從這個角度來看，文學也是一種心境的表現、一種心情的抒發管道。因此，有人將文學視為一種療癒管道，透過文學創作，或多或少能讓心靈得到抒發，心緒有所抒放，心境自然能健康豁達。

文學的起源說法

遊戲說	王國維：「文學者，遊戲的事業也。」
模仿說	起源於對自然和社會生活的模仿。
神示說	詩歌乃神的靈感展現在詩人身上。
心靈表現說	《詩經》：「詩者，志之所之也。在心為志，發言為詩。」
勞動說	最原始的詩歌是勞動詩歌，目的是為了加強勞動的效果。
感物吟志說	《文心雕龍·明詩篇》：「人秉七情，應物斯感，感物吟志，莫非自然。」

文學小辭典

《典論·論文》

1. 作者：魏·曹丕，字子桓，諡文帝。曹操次子，建安二十二年立為魏王太子。建安二十五年，曹操死，嗣位為丞相、魏王；同年篡東漢，自立為帝，都洛陽，國號魏，改元黃初。在位七年崩，年四十。
2. 收於南朝梁昭明太子蕭統所編《昭明文選》，《典論》是東漢獻帝建安末年，曹丕為魏王太子時撰寫的論著，內容廣泛，於評人論世，修身處世，皆多所論列，今僅存自敘及論文二篇。
3. 〈論文〉主旨在論述作者才性與文體特徵之間的關係，同時肯定文學的價值。
4. 提出批評論、作家論、文體論、文氣論與文用論，強調文章的價值，賦予文學以獨立的生命，「文章經國之大業，不朽之盛事」。
5. 為文學批評之祖，開中國文學批評的先河，賦予文學獨立的地位。

文學包含哪些範疇呢？廣泛來說，舉凡用文字書寫、表達的任何文章，包括詩詞歌賦、小說、散文、劇本、歌詞、日記、書信等應用與非應用文，都可稱之為文學。狹義來說，凡是透過文字表達作者思想與感情的文章，文意流暢、文辭優美、情意真切、富有美感等作品，皆可稱之為文學。所以文學的範疇可以很廣泛，也可以很有系統地將之歸類。若以文類來論，文學作品可大致分類如下：

一、小說

簡言之，小說包含人、事、時、地、物。大致上來說，小說有幾點特色：第一是用散文式的語言描寫人、事、物的內外在特質。文字的敘述要生動、流暢，表達精確，文辭優美，在文字敘述之間，營造出一種美感與詩意。第二是情節的鋪排。從一個情節轉折到下一個情節，環環相扣，因而構成小說的故事性。俗話說：「文似看山不喜平」，好的情節安排應該像聳峻的高山一般高高低低，橫看成嶺側成峰，遠近高低各有不同，也像海浪一樣有起有伏，需要有高潮迭起，才能將故事鋪排得精采，引起讀者一種想要一探究竟的渴望。值得注意的是，在這起起伏伏的過程中，情節的安排要自然、流暢，不著痕跡，倘若太過刻意，反而會破壞了故事本身的吸引力與流暢度。再者，情節的安排要能出乎讀者的意料之外，平凡猶如一直線的情節，除非作者具有深厚的說故事功力，否則不僅不易吸引人，更容易使故事流於平庸，因而讓人感到枯燥乏味。因為有故事性即或多或少揉合虛構與真實的成分，特別是「虛構」，可說是小說之所以成為小說的重要元素之一。此外，小說也必須注意人物的刻畫。人物包含人與非人（物、大自然、鬼怪等）。小說的主角有時是人，有時可以是鬼怪或動物昆蟲，如蒼蠅、螞蟻、老鼠、小狗等。人物的刻畫可分外在形象與內在性格之特色。通常外在形象的刻畫如：身高、長相（高、矮、胖、瘦）、穿著等，大多有意無意在反映並透露一個人內在的性格特色與個性中鮮明的特質。人物是小說的靈魂，一篇小說倘若能有成功的人物刻畫，幾乎就已經成功了一大半。例如：魯迅的〈孔乙己〉成功地反映出一個落魄的知識分子，無法見容於現實社會的一種落魄與格格不入的樣貌。又如老舍的《駱駝祥子》將一位生活在北京的低社會階層的三輪車伕的生活及其一再被現實所吞噬的夢想，刻畫得入木三分，栩栩如生。成功的人物刻畫會讓讀者印象深刻，經由喜歡小說裡的人物，進而想要進一步閱讀小說裡的故事並追隨其情節發展，因而無法自拔地往下閱讀探索結局。其次，有了人物就會有對話，對話使人物的性格鮮明。活潑自然的對話，能有層次地帶出情節的發展，以及人物的出生背景、故事發生的環境、場景及性格特色等多種訊息。因此，流暢自然的對話是一篇好小說應具備的基本要素。此外，我們也要注意小說人物所說的語言及其用語是否符合

其身分地位，以及符合他所處時代環境人們的用語。簡單地說，就是什麼樣的人說什麼話。例如黃春明的小說〈兒子的大玩偶〉一篇中，主人翁坤樹出身寒微、不識字，從小居住在鄉下，所以他所說的話便反映出臺灣典型鄉村的，具有鄉土風情的語言，所說的話即便較粗俗，但也因此正能襯托出人物的出身背景及其性格特色，而不會有人物說的話和他的身分背景格格不入的奇怪現象，造成人物塑造的敗筆，這也是在創作一篇小說時，不可不注意的要點。

最後，我們要談的是時代背景。小說之所以有其藝術性，除了因為它創造出一個嶄新的故事，以及鮮明的人物之外，也不可忽略小說會反映故事所處時代的環境及其背景，包括那個時代人們的思想、情感，以及對事情的看法等。從歷史學的角度來看，小說記錄並反映它所寫的那個時代的人們生活樣貌，人們對政治、社會、情感、特殊事件以及人物的看法。例如以日據時代為寫作背景的小說：賴和的《一桿秤仔》便一定程度地反映出受日本統治下，被殖民時期的臺灣社會，以及當時人民的心聲、對日本軍警的看法等種種壓抑的情感。又例如：張愛玲的小說《色戒》也反映出在汪精衛偽政權下，那些愛國知識分子捨己為國的情操等面向。因此，小說與其故事所發生的時代背景息息相關，正因為如此，小說可記錄歷史的發展，除卻想像與虛構的成分外，在一定程度上，也可作為研究歷史進程的參考材料。

關於小說的結尾，可用「開放式結尾法」。所謂「開放式結尾法」是指作者並未明白說出故事的結局，而是點到為止，留給讀者無限的想像空間，讀者甚至也可以試著改寫故事的結局，享受閱讀與寫作的雙重樂趣。魯迅的文章〈孔乙己〉便是以採開放式結尾法作結。魯迅在故事的結尾寫道：「自此以後，又長久沒有看見孔乙己。到了年關，掌櫃取下粉板說：『孔乙己還欠十九個錢呢！』到第二年的端午，又說『孔乙己還欠十九個錢呢！』到中秋可是沒有說，再到年關也沒有看見他。我到現在終於沒有見──大約孔乙己的確死了。」究竟很久沒出現在咸亨酒店的孔乙己是真的已經死了呢？或是因為其他遭遇而改變了他原來的生活模式呢？魯迅並未給予讀者明確的答案，而是採開放式結尾法，留給讀者無限的想像空間。這樣的結尾寫法讓故事的結局可依閱讀者的不同，而有不一樣的延伸性思考，是頗能引發讀者無限想像空間的小說結尾方式。

二、散文

散文與小說最大的不同在於散文大多描寫作者實際的生活經驗與真實的情感，即便不描寫作者個人的切身經歷，也多半是表達作者個人對外在人、事、物及所處環境的觀察與體悟。因此，「真實」是散文的重要元素之一，而「虛構」則可說是小說有別於散文最明顯的特色。就文體而言，散文並沒有固定的形式，凡是以文字寫就而成的文章，不管是抒情文、說明文、論說文、記敘文、應用文等，都可稱之為散文。一般來說，小品文也是屬於散文的範疇，小品文因為篇幅較短，因此也可算是極短篇散文。

現代散文研究家鄭明娳女士在她

的《現代散文概論》一書中將散文分為「理性散文」與「感性散文」兩大類。除此之外，也有理性與感性皆備的散文。例如：從感人小故事中反映出大道理的文章，便可說是「理性」與「感性」兼具的散文。所以，「理性散文」與「感性散文」並非是涇渭分明的兩種類型，而應看散文內容較偏向哪一類來定位。值得注意的是，文學作品也是藝術的一種表現形式，因此，文學和藝術一樣，也很難被定位，但有時為了說明或研究理解上的方便，不得不進行歸類。「理性散文」的內容所描寫的多半是作者所思、所想、所見的客觀人、事、物，不涉及個人感情地描繪出所見所聞，不論內容或敘述方式都是理性而客觀的。「感性散文」的特色則大都著重在對作者本人的情感描寫，大部分呈現出作者個人的情感體悟與感觸，從中可讀出作者的真實情感，以及他對觀看世界的觀點與視角，因此，讀者能對作者本身的性格特色有更深一層的認識。

整體而言，一篇好的散文要具備以下幾點特色：

㈠ 令人眼睛為之一亮的題目

一個好的題目會讓讀者在第一眼看到時，便產生想要往下閱讀的好奇心。例如：現代散文家張維中的短篇散文：〈夢中見〉。此一命題引人好奇，究竟夢中所見的人是誰？引起讀者想要一探究竟的想望。另外，現代作家張曼娟女士的散文：〈髮結蝴蝶〉，透過「髮結」來象徵自己的童年，另外也藉由「蝴蝶」表現出一種無憂無慮的意象，命題與文章的內容描寫作者的童年情景相呼應，題目與內文一氣呵成，相互輝映。因此，一個亮眼的、並與內容

貼切的題目，將會呈現出一位散文創作者構思的功力。

當然，也有些散文的命題雖平凡，但內容卻感人至深。例如：朱自清的〈背影〉，題目乍看之下雖然平凡，但因為描寫的功力深刻，將父親的背影刻畫得栩栩如生，讓讀者腦海裡產生出一個父親踩著蹣跚的步伐的背影，在腦海中浮現出一幅清晰的畫面，就算命題平凡無奇，但因為內容描寫生動，文題與內文相互呼應，平實而無奇的題目反而不會喧賓奪主，留予內文很大的發揮空間，相對地，也考驗著作者的文字敘述功力。又如曾獲得懷恩文學獎的散文首獎許蓓玲的〈灶腳〉，題目與內文的敘述也很貼切。鄉下的「灶腳」是阿嬤生活中的主要天地，阿嬤以固執的愛，溫暖而安靜地守護一家人。作者的文字敘述自然生動，情感表達豐富、真切，因此，雖沒有令人眼睛為之一亮的題目，卻也能讓讀者在閱讀完後，感受到情意的延伸，餘韻無窮。

㈡ 嚴謹縝密的結構與布局

一篇散文，文句的敘述除了要流暢外，情意的表達也應恰如其分，通篇一氣呵成，沒有多餘的字句，結構嚴謹縝密，內容針對一件主要事件陳述，不會有太多枝葉末節的過度延伸。好的散文其結構與布局應該像一件剪裁合宜、設計大方的洋裝，有主有從、線條清楚、層次分明、樣式合宜、得體，沒有過多的裝飾與過度花俏的布料、花邊，但卻十分耐人尋味。簡單地說，一篇好的散文應該讓讀者讀完後一目了然，清楚地捕捉到作者所要表達的思想與情感。最怕散文內容雜亂無章，像一碗什錦麵，這個說一些、那個提一點，主從不明，敘述的主題東一點、西

一塊，有如一本流水帳，這可說是在創作散文時的一大弊病。

因此，一位散文創作者在書寫文章時，除了任由靈感與想像力的帶領之外，也應該放開思路，採取開放而自由的創作態度，再加上適度的構思與修改，日久必能成就一篇好文章。

(三) 真摯的情感

真摯的情感不僅是散文應該具備的特色，也是所有文學作品都應該具備的成分。一篇文章若空有技巧而毫無思想、感情，就是一篇內容空無一物，玩弄技巧、不值得一讀的文章。好的散文除了敘述要自然流暢，猶如行雲流水之外，情感的表達也要真摯、自然、含蓄，這樣的文章才能打動人心。

對於創作者而言，一篇作品要感動別人之前，必須先感動自己，這樣的文章才能觸動人心，讓人想一讀再讀、回味再三。因此，情感真摯可說是一篇散文最重要的靈魂，但是一般人最常犯的毛病是「辭溢乎情」，也就是用字譴詞太過，致使文章讀來讓人感到肉麻或情意不夠真切自然，反而造成反效果，這點是書寫散文時的一大禁忌。另一種可能犯的毛病是「情溢乎辭」，「情溢乎辭」是指文辭的表達太過平淡或不足，無法將真正的情感表達到位，致使讀者讀來感覺乏味。

敘述過於平鋪直敘，絲毫感受不到作者真正所要傳達的想法與情感，成為創作散文時的一大敗筆。

(四) 好的開頭與結尾

一篇散文如果有好的開頭，在一開始便能吸引住讀者的目光，如此這篇文章幾乎就已成功了一大半。此外，有一個動人或發人省思的結尾必定能讓人讀完文章後，有餘味無窮的感覺，在掩卷之際有一分閱讀後的滿足與愉悅感。因此，一篇散文有好的開頭與結尾，就像一首完美的交響樂，從開始到結束都能帶給聽眾豐富而多層次的享受，甚至能引發讀者豐富的想像力。也因為開頭與結尾如此重要，因此，創作者需要多花一點時間尋找靈感巧思，讓文章的開頭與結尾更有可看性。而怎樣的開頭與結尾才能讓人印象深刻呢？文章的開頭方式，大致可歸納出幾種類型：

1. 懸疑式開頭

懸疑式開頭以透過問題來開始一個故事，有時是提出問題；有時是先起個頭，引起讀者的好奇心。懸疑式開頭會讓讀者想往下閱讀，讓人有一探究竟的感覺。例如：一篇文章在一開頭便以一連串的問句為開頭，成功地製造了一股懸疑感，引發讀者的好奇心。

2. 開門見山式開頭

在文章的一開始便直指主題，一針見血地將內容所要敘述的核心點破，讓讀者能一目瞭然。這樣的寫法能讓讀者一眼便抓住文章所欲表達的重點，迅速進入敘述主軸。

3. 說故事法

以說故事法開頭，是文章開頭能引人入勝的一種寫作方式，因為不管男女老幼，大都喜歡聽故事。因此，以說故事法起頭，可以給予讀者深刻的印象，也能在第一時間吸引住讀者的目光。例如張曼娟女士在她的著作《黃魚聽雷》一書中，有一篇名為〈甜蜜的毒藥〉一文，即以王鼎鈞先生書中曾提到的一則故事為起頭，故事簡短但內容卻很生

圖解：文學概論

動，意味深長，也與接下來的內容有很好的連結，達到畫龍點睛的效果。這樣引用說故事法，成功地在第一時間便吸引住讀者的目光，讓讀者自然而然地被帶入敘述主軸中，立即進入閱讀狀態。然而值得注意的是，有時如果開頭的故事法所引的故事太過精彩，則有可能會有喧賓奪主的感覺，造成一種缺憾。因此，開頭說故事法在與作者本人敘述的銜接上要很慎重，以免造成頭重腳輕的感覺，反而容易形成敗筆。

至於結尾的寫法，並無固定的模式，但還是可以歸納出幾種類型：

1. 前後呼應法

許多文章採用前後呼應法作結尾，這樣的結尾法讓文章有前後一貫、一氣呵成的感覺，不論是對故事內容或情感的延伸都能營造出一種整體性，也很容易讓讀者感受到作者是經過一番精心細緻的安排，體會作者的用心。現代文學家張曼娟女士有篇散文篇名是〈髮結蝴蝶〉即採前後呼應法，在文章一開頭談到看到騎單車、放風箏的孩子，彷彿與童稚時的自己相遇，結尾又巧妙地提到：「有風的季節，便想起緩緩上升的風箏，總像旗子一樣，掛滿在電線上，經風一夜吹襲，紛紛不知去向。童稚的我，甚至癡心地想，風箏也許化為蝴蝶，在黎明時刻，破空而去。誰知道呢？也許，真的化為蝴蝶。飛在小女孩的髮梢上，成一個美麗的、永恆的結。」結尾也同樣再提到風箏，與開頭前後呼應，讓人讀來有一氣呵成的感覺，情感的鋪陳也很有連貫性。同樣寫童年，作者卻不以「童年」為題，而是以〈髮結蝴蝶〉為題，帶出童年時，還是個小女孩的自己的點滴經歷，以「髮結」象徵小女孩的形象，並以「蝴蝶」象徵小女孩童年像蝴蝶一樣

自由自在、天真浪漫的心情。命題與情感的鋪排別具巧思。

2. 溫情結尾法

有的文章在結尾時，會特別講一些溫馨動人的話語，然後故事便戛然而止，使讀者的閱讀情緒頓留心中，造成心緒的餘波蕩漾。這樣的文章結尾法，常能使讀者深受感動，至於如何拿捏情感的輕重，則展現出創作者的功力。說得太過則會將餘味破壞殆盡，但說得太少，則又無法將讀者的情感帶到一定的深度，難免讓人有草率結束的遺憾。因此，「溫情結尾法」固然能為作品增添情感的溫度，但情感的表達太過與不及皆應該避免。同時考驗著創作者的書寫技巧、創作功力與情感表達能力。

三、詩

詩可分現代詩與古典詩。古典詩與現代詩的分界何在？現代詩又從何時開始有的呢？詩的特質為何？這些問題值得我們一一釐清。

(一) 現代詩的起源

首先，讓我們談談現代詩的起源。現代詩起源於民國七年（1919年）五四運動時期，胡適、魯迅、陳獨秀等人提倡新文學（又稱白話文運動），開啟了現代文學的序幕。胡適、魯迅等人除了提倡白話文，主張「我手寫我口」外，也以身作則，當開路先鋒，率先以白話文進行創作，在《新青年》雜誌發表以白話文創作的現代詩與現代小說，對當時的知識青年造成一定的影響。胡適的《嘗試集》是第一本以白話文創作的現代詩集。而魯迅則被稱為現代文學之父，率先以白話文來創作小說。他最有名作品有《阿Q正傳》、

《吶喊》、《野草集》等，不僅在形式上以白話文寫作，在內容上也用諷刺手法，對於中國文化中舊傳統與舊社會的思維多所批判，希望能藉由文學作品的傳播，喚醒中國人的民族精神與愛國情操。

(二) 押韻

現代詩又稱為自由詩，由於沒有固定的格式與字數限制，使得現代詩的創作更多樣化且內容更加豐富、奔放。但也因為如此，現代詩幾乎已慢慢失去其身為詩的特質與韻味。所謂詩的特質為何？詩可說是無聲的音樂；音樂亦可說是有聲的詩，詩、樂在古代本是合流。詩歌、詩歌，詩本適合合樂而唱。押韻讓詩本身即具有音樂性與節奏感，在被朗誦時能帶出韻律感。但是現代詩已不一定押韻，因此失去詩句本身所能呈現的韻律感，減少了音樂性。

就唐詩而論，因要講究平仄及押韻，讓唐詩在朗誦時即具有音樂的節奏感。除了可增添音樂性外，韻律感也可幫助記憶，多唸幾遍，很快便能朗朗上口。

(三) 豐富多變的修辭技巧

「詩為心聲」，要了解一個人，讀他的詩作便多少能認識作者的人格與內心深處的思想、情感於一二。寫作詩時，應該善用修辭技巧，例如：擬人、擬物、譬喻、頂真、狀聲、誇飾、對偶、疊字、疊句等，讓文句不致流於平鋪直敘且能有所變化，因而更活潑生動，引發讀者無限的想像空間。藉由修辭技巧讓詩句更耐讀，也能引發讀者更多的想像空間，同時也

能讓未能押韻的詩，仍具有其內在音樂性。但過度地運用修辭技巧，則會讓人有過分雕琢而失去自然韻味的感覺，這便考驗著創作者文字運用之功力。

四、歌詞創作

中國文字本身具有音樂性，音調的變化帶來抑揚頓挫的節奏與音韻感；平仄對仗則產生一種對稱性的美感，因此，歌詞創作也是文學創作的一環。歌詞本身要有詩意與豐富的意象，好的歌詞創作能讓一首歌成為長久傳唱的經典，進而讓人印象深刻。一般而言，歌詞創作需注意幾項要素：

(一) 與曲調配合

歌詞內容不論是古典風或像現代坊間許多流行歌曲，都有一個重要且在創作時要考量的因素，那就是詞的音調要能與曲調相配合，如此唱起來才會有流暢感。因此，一首歌不管是先譜曲或先有詞，都應該經過不斷地修改，讓詞曲能充分配合。

(二) 詩意的營造

歌詞雖與歌曲搭配，在傳唱時能相互輝映，但也要注意歌詞本身要能營造出詩意與美感。至於如何營造出詩意呢？其中有一個重要的方法就是善用修辭技巧。修辭技巧能讓文學作品產生一種迂迴的表現方式，因而營造出美感。倘若能使用詩化的語言，必能讓歌詞內容更具詩意。

(三) 押韻

押韻讓歌詞本身營造出一種韻律感，增強音樂性，也是詩之所以為詩之特性。

㈣ 故事性

歌詞創作雖無固定的格式，但在創作時仍要注意內容的書寫要能前後一貫，營造出具有主題的故事性，如此，自然會在聽者腦海中營造出一種畫面感，增添感動與感同身受的心緒，讓聽者的心情自然而然地融入歌曲中。

㈤ 情真意切

情意真切幾乎是所有文學作品需具備的共通特質。一篇好文章不論內容有多豐富，技巧有多純熟，如果沒有真摯的情感，則等於沒有文學。因此，情真意切是創作歌詞時應該考量的重要因素。

五、劇本

劇本的內容多以大量對話方式呈現，因其最終目的是為了能在舞臺上或影音媒體上演出。因此，好的劇本也要能詳細載明演出時的相關環境準備、演員的表情、動作、旁白、服飾、走位等細節，以便演出時能讓演員們呈現出最完整的戲劇樣貌。

劇本的書寫因涉及大量對話，除了對白外，也包括場景布置、動作反應等詳實記錄。而且劇本的創作是為了能在舞臺或電影中演出，因此要盡可能貼近現實生活，這樣在演出舞臺劇或電影時，較能被觀眾理解並接受。

劇本的創作，除了內容本身要能反映現實生活樣貌外，也會涉及其他因素，例如演員、場景等的影響，因此，創作時要考量的因素也更多。戲劇可說是一門綜合藝術，除了劇本外，尚需音樂、服裝、道具、場景布置等多元因素的配合，涉及的範疇較廣，也較多樣化，這也是在創作劇本時，應該考量的因素。一位劇本寫作者，除了要具備文學創作的功力外，也應有導演、音樂、藝術美感等天分及才能，當他在寫作劇本的同時，腦海裡也正上演著一齣戲。如此，除了臺詞以外的配樂、場景布置等，都將在寫作劇本時，一併被列入書寫範疇中。因此，劇本應具有活潑的生命力與戲劇張力。

文學的形式分類

分類	特徵簡介
小說	1. 人物刻畫：外在形象、性格、對話用語、互動等。 2. 情節鋪排：引人入勝的情節安排。 3. 揉合真實與虛構：發揮想像力、組織力。 4. 反映時代背景：連結時空。
散文	1. 多描寫實際生活經驗、真實感情、觀察與體悟。 2. 運用廣泛。 3. 講求真實：有理性也有感性。 4. 文體：抒情文、論說文、說明文、記敘文、應用文等。
詩	1. 古典韻文：詩、詞、歌、賦、曲。 2. 現代詩又稱白話詩、新詩、自由詩。 3. 胡適的《嘗試集》是第一本以白話文創作的詩集。

分類	特徵簡介
歌詞	歌詞創作要素：配合曲調、詩意營造、押韻、故事性、情意真切。
劇本	1. 為了演出。 2. 大量對話。 3. 記載表情、動作、走位、旁白、服飾等。 4. 具備活潑的生命力與戲劇張力。

圖解：文學概論

文學小辭典

《四庫全書》

從清乾隆三十八年（1773年）開始編纂，歷時九年，乃中國歷史上規模最大的一套叢書。收錄自先秦到清乾隆前期的眾多古籍，涵蓋了古代中國幾乎所有學術領域，分為經、史、子、集四部，四十四類。子部之小說家不收章回小說；集部的詞曲類不收雜劇、傳奇等劇本。

經部	於南宋形成的十三經：詩（詩經）、書（尚書）、易（周易）、禮（周禮、儀禮、禮記）、春秋（左傳、公羊傳、穀梁傳）、論語、孟子、孝經、爾雅。
史部	以「二十四史」為代表，內容包括：正史、編年、記事本末、別史、雜史、詔令、奏議、傳記、史鈔、載記、地理、時令、職官、政書、目錄書、史評等。
子部	諸子百家、醫藥、天文、數學、兵法等專門學問以及藝術（文學除外）：儒家（十三經除外）、墨家、名家、兵家、法家、農家、醫家、天文演算法、術數、科學、小說家、藝術、雜家、釋家、道家。
集部	「個人創作」或「總集」的相關書籍，分為楚辭、別集、總集、詩文評、詩詞曲賦等文學作品。

UNIT 1-4 文學與生活

文學與生活究竟存在著怎樣的關係呢？為什麼我們需要文學？文學究竟能為我們的生活帶來什麼樣的影響或改變？如果文學對我們的生活不能造成任何影響或沒有任何意義、價值，那麼，我們就不需花時間談論文學，更無須花時間學習認識文學、深入體會文學作品了，不是嗎？

莊子的〈逍遙遊〉一文有：「無用之說。」文學作品，例如小說、散文、新詩，乍看之下似乎無法直接對我們的日常生活產生實質幫助，因為文學不是技藝之學，對應現今高科技時代而言，能在職場或生活裡實際派上用場的知識，才是當道之顯學。但事實上，如果我們真的讀懂文學，讀進文學，就能發現文學總在潛移默化中，一點一滴對我們的心靈造成深遠的轉化、啟發與影響，這便是文學，乍看之下似乎並無實用價值，但卻有著為什麼深遠的意義。因此，我們需要文學，是因為文學可以作為我們生活的借鏡，有時也會將我們暫時帶離現實生活，讓我們明白生活中除了物質之外，還有超乎物質的精神層面，那正是與我們日常生活息息相關，並能夠直接與我們內在深層的一面向連結，也是能使我們的生命得以改變的重要一環。因此，我們需要文學，正如我們需要空氣與水，那樣自然而不可或缺。

文學是生活的反映，它反映生活的各個層面，包括：友情、愛情、親情等豐富的情感，同時也反映出作者對這世界的觀察與體悟，種種理性與感性的思維。或許表現手法會因想像而比現實生活更加誇張、富有戲劇性，但卻依然具有反映人性、表現生活的作用。人性中的善與惡，都是生活的一部分，也是文學所欲表達的題材。我們可從下列幾點來看文學與生活的關係：

一、文學記錄生活

透過文字，我們得以記錄生活的點點滴滴。例如透過時下流行的網路部落格、微博、facebook等網誌，就是記錄生活的最佳例證。但是除了文字的實際記錄外，我們還可透過想像力，用比實際直接描述更優美的文辭來表達對生活的感觸與體悟，於是便有了文學。文學記錄生活、反映歷史以及當代人們的思想情感。當我們閱讀賽珍珠的《大地》一書時，便能了解清末民初農民的生活概況，以及中國農民們對土地的那分特殊的、中國式的深厚情感。又如讀嚴歌苓的作品《第九個寡婦》也能讓我們了解中國文化大革命時期，大地主悲痛的遭遇及整個大時代的特殊氛圍。因此，如果我們想了解過去某個時代的人們在想什麼、那一時一地的人們對於許多人事物的看法如何等問題，都可透過閱讀文學作品，試著還原場景，來幫助我們了解。

二、文學反映人性

人性裡有真、善、美等特質，當然也不免有自私、黑暗、貪婪的一面。透過文學作品及其表現手法的揭露，讓我們得以看見人性中的諸多面向，藉此啟發

我們認清自己的美善與限制，也能學習如何與各種不同類型的人相處。正因為文學反映人性，是以才能成就其深邃的內涵，不流於堆砌辭藻、累積文字，或僅止於字面上的表述。

了解人性，能幫助我們體悟生命的本質，啟示我們學習與人及所處環境的互動。例如：閱讀《紅樓夢》能看到許多古代家族間的人際互動，以及中國人對家的概念，認識到人性中的美善、真誠與惡質。也因為如此，才能呈現出文學的深刻性。

三、文學豐富人生

透過文學作品所轉述的人生與生活，從某種角度而言，就如同是一種轉譯。因為文學作品乃是透過作者的眼光來看世界，觀看的角度不同，便有不同的看法與心境，反映在文學作品裡，便成其思想與情感。而因為觀看的距離、角度與心態的不同，所呈現出來的樣貌也迥然有異。因此，作者如何看待外在的世界，也將呈現出作品不同的風格與樣貌。每個人對於人生的體悟與感觸，如人飲水，冷暖自知，看法和想法各有不同。文學則讓我們看見不同，例如同樣書寫失戀，有的人展現出樂觀開朗、積極陽光的特質；有的人卻自怨自艾、傷春悲秋。從這點看來，文學作品能幫助我們選擇面對生活的態度與方式。我們也可以從別人的人生故事裡，得到許多寶貴的啟發，進而調整我們看待這世界的視角與態度，日久，生命自然能呈現出一定的深度與廣度。

此外，透過閱讀也能引起我們心靈的共鳴，獲得情感的宣泄，得到精神上的安慰，讓我們體會到在這世界上，不是只有我們會感到孤單、寂寞與受挫，也不是只有我們忍受過失敗與失戀的痛苦，每一個個體都與這世界千千萬萬的人們一樣，擁有共通而普遍的情感。

四、文學拓展生命的視野

文學作品除了可以記錄人們的歷史經歷以外，也能反映出古今中外人們的生活樣貌、社會型態與思想情感，除了可豐富人們的生活外，也可拓展讀者的生命視野。例如透過閱讀陳冠學先生的《田園之秋》一書，便能讓讀者理解到田園生活那種「鋤禾日當午，汗滴禾下土」的真實樣貌。經由閱讀文學作品，可讓讀者的生命視野因而更加開闊。

文學開拓了我們的視野，讓我們的生活不再僅僅是日復一日，平凡無奇的單一路線，而是可以透過閱讀，開擴我們生活的寬度與生命的深度。

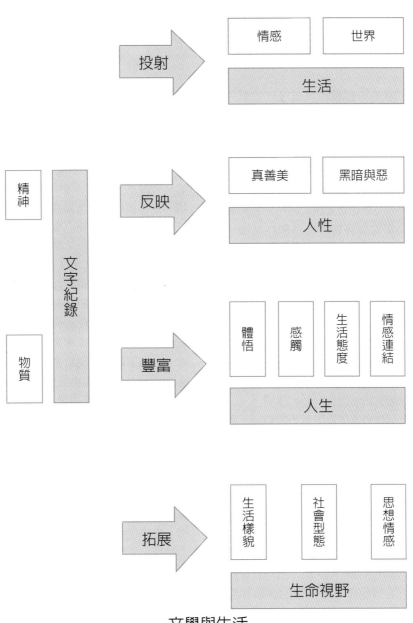

文學與生活

UNIT 1-5
文學與藝術

文學也是一種藝術，但是欣賞藝術的眼光與標準則各有不同，因此要給予藝術評價並不是件容易的事。同樣地，若要評論文學作品，因為欣賞角度有主、客觀等問題，也會面臨一定的難度。簡要來說，能感動人的文章便是好文章。但文學也需要講究技巧，任何藝術作品都需要有技巧作為創作基礎，文學也是。因此，除了要能感動人之外，它應該也要能提升人們的思想，使情感得以昇華。透過文學這門藝術，人們不僅能開拓視野，也能提升個人的生命境界，長期接觸文學作品，日久也能變化內在氣質，刺激並深化人們的思想與感情。俗話說「腹有詩書氣自華」便是指透過閱讀的過程，一點一滴使自己的內在產生正向而有內涵的改變。

文學與藝術既然有著密切的關係，那麼二者究竟有哪些共通性呢？

一、以熟練的技巧為基礎

不論是書法、繪畫、劇本、音樂或文學，都需要有熟練的技巧作為創作基礎。一個書法家需先臨摹過許多大書法家如宋代的米芾、唐代的王羲之等人的作品，嫻熟各種字體的創作技巧與形韻後，再達到能靠心意臨摹的嫻熟狀態下，最後才能拋棄從字帖中所習得的書寫技巧，創作出屬於自己獨特風格的字體。同樣地，一位文學家，除非是天才型的創作者，否則很難省略成為文學家的幾項基本功，那就是多閱讀、勤寫、先模仿、多觀察、多修改、常進行聯想力訓練、想像力等幾項必要的訓練

步驟，讓自己培養出創作的敏感度。

(一) 多閱讀

閱讀就像一扇門，讓我們通往這個世界。經由閱讀，不僅可深入認識世界，也能深入認識宇宙，開拓視野與胸襟。一位創作者不僅僅要多閱讀各式各樣書籍，也應該打開心胸多閱讀身邊形形色色的人、事、物，閱讀大自然的千變萬化，閱讀生活中人們的喜、怒、哀、樂與酸、甜、苦、辣，從無處不閱讀的習慣中，培養出細膩的觀察力與感悟力，累積自己創作時的養分。唐代詩聖杜甫曾說：「讀書破萬卷，下筆如有神。」的確如此。閱讀之於創作者有著重要而不可或缺的重要性，一位手不釋卷的人，在累積閱讀不同的作品之後，日久會在不知不覺中，培養出自己的品味與閱讀喜好，從而刺激自己產生出新的想法，在創作時，自然而然化為文字，呈現出個人嶄新的創作風格。同樣地，生活無處不閱讀，閱讀晚風、閱讀藍天白雲、閱讀身邊大大小小的人事物，從中找到美善與感人的特質。生活即藝術；生活即文學，這世界究竟呈現出什麼樣的面貌，全在於觀看者的心是如何解讀，因此，培養一個正面、正向、寓有美感的欣賞力、便顯得重要。

(二) 多聆聽

除此之外，還要養成多聆聽的習慣，多傾聽家人、朋友、同學、同事，甚至在餐廳裡的服務生與客人之間、隔

壁桌情侶吵架或溝通時的對話等，透過隨時隨地的聆聽，無形中將會知道各行各業的人說話時的習慣用語（行話）、表情與動作等細節，對於創作小說時，設計人物對話，無形中將會有很大的助益。北宋思想家程顥的詩作〈秋日偶成〉說得好：「萬物靜觀皆自得，四時佳興與人同。」的確如此。當我們靜下心來，多聆聽、多觀察別人的話語，多看看周遭的人事物，相信自能接收到許多細節與訊息，並能心領神會，刺激我們的靈感，成為創作動力，如此對於任何藝術創作，都是很好的靈感來源。

㈢ 多創作

不論是何種藝術作品，多創作必能累積作品的成熟度。正所謂：「一回生，二回熟」只要多方嘗試，多元創作，日久定能創作出好的作品。以文學作品而論，多動筆寫作是所有文學創作者的基本訓練，從過去的部落格到現今流行的Facebook網誌，都是訓練寫作的網路天地，在這天地裡能不受時空限制，具有一定的方便性。但值得注意的是，由於網路即時發布的方便性，也造成網路上的文章有良莠不齊的狀況，讀者在閱讀時宜仔細篩選，以確保閱讀品質。此外，由於Facebook與即時通的流行，造成人們在書寫時，有愈來愈多錯字及文意的表達太過口語化、文法不通等情形出現，值得網路創作者引以為戒。

做任何事都需要天分，創作任何藝術作品更是，文學作品也是。但是很少有人能不需透過訓練與培養，天生就是個文學創作家，因此許多創作者在真正找到自己的創作路線，並形成自己的創作風格之前，都需先有一段模仿自己最喜歡作家的創作風格，從初步模仿中，慢慢摸索出屬於自己的創作理路。值得注意的是，模仿並不是抄襲，而是模仿其他作家（以模仿自己喜歡的開始）的創作型態或敘事手法，等到累積到一定的成熟度之後，再拋去模仿，放開思路，大膽創作出屬於自己強烈風格的文學作品。

㈣ 多修改

在寫作文章時，宜養成多修改的習慣。一般而言，可經由多次修改同一篇文章，直到增一字則太多，減一字則太少，恰如其分的地步。也可請師長、朋友協助修改或給予意見，讓文章在一次次修改中更臻於完美。此外，多多參與文學創作比賽，聽聽評審與讀者的意見，必定能幫助自己更客觀地審視自己的作品並予以修改，使其日臻成熟，與時俱進。

以上數項基本功若能時時操練，日久相信必能提升寫作水準。

二、講究美感

美是藝術作品中很重要的元素之一，文學的創作也需要美感經驗作為基礎，美感經驗能使文學作品超逸於一般日常生活的煩瑣之外，產生脫俗的感覺，更進而引發讀者豐富的想像力。值得注意的是，美的欣賞是很主觀性的，每個人對美的定義或欣賞的角度不盡然相同，例如：有人喜歡油畫，有人卻欣賞素描的樸素之美。有人喜歡行書的行雲流水，但也有人比較喜歡隸書的樸拙。既然每個人對美的欣賞角度各有不同，那麼該如何才能營造出文學作品中共同美感經驗呢？其判斷基礎又在哪裡？我們可以說，倘若經由文學作品中的美感經驗進而引發讀者的普遍性情

感，這樣的美感經驗就能展現出藝術創作的價值。例如：讀者可能經由作品中一段對春天陽明山百花盛開的美景之描述，勾起他曾有過的陽明山旅行的美好回憶與情感沉思，這樣的美感經驗便使作者與讀者之間，對陽明山的美有了共鳴。在共鳴中，人們便能感受到普遍的共通性與情感的流通性，這便是為何文學作品需要講究美感的原因。

至於如何營造出文學作品的美感呢？有幾項特點可供參考：

(一) 距離產生美感

距離有時讓我們看清真相，但在文學作品中，距離則能產生美感，原因何在？因為在文學作品中，透過作者對外在人事物的觀察與體悟，再轉化成文字，表達出他內心深刻的感受。在這過程中，文學作品所呈現的是經過轉譯後的結果。當作者在看外在環境時，是帶著何種角度來解讀，將會影響他文章的風格與內涵。這樣的過程，本身便是有距離的，因此，除了應用類與實用性作品外，文學作品通常都或多或少帶有作者想像與渲染的成分，致使作者在書寫時，有時不免會用一種較浪漫而優美的辭藻來鋪陳，因而形成一種富有美感的文學氛圍。

(二) 優美的辭藻營造出美感

當我們談美時，大都是透過具體事物來呈現或欣賞美的特質。例如當我們看畫展時，會認為這幅畫好美，這棟房子很漂亮等，這是從有形的事物來談美。但文學作品和音樂的美與其他實體的藝術作品比較不同的地方是，文學與音樂所呈現出來的是一種無形的美感，一種內斂的、曖曖內含光的含蓄之

美。文學作品透過優美的辭藻營造出美感，除了辭藻本身優美帶出美感外，透過辭藻所營造出來的想像氛圍，則更容易增添作品的美感。這就是為何要多運用修辭技巧以使文辭更富有美感。相對地，美感也能讓文學作品更富有藝術性。

(三) 永恆性

好的藝術作品必須能經得起時間考驗，爭一時也要爭千秋，文學作品更是如此。一篇好的文學作品要能經得起時間的檢驗，不論是哪個時代的人們閱讀，都能深受啟發與感動，且能回味再三。就像法國畫家米勒（Jean-Francois Millet，1814－1875）的〈拾穗〉畫作歷久不衰一般，不管在哪個時代都有人被它感動，文學作品也應該達到這樣的水準，才得以流傳千古，成為真正的藝術創作。唐代杜甫（712－770）有句詩：「文章千古事，得失寸心知。」曹丕（187-226）《典論・論文》也說：「文章乃經國之大業，不朽之盛世。」可見好的文學作品，應該具有永恆性。永恆性使作者的創作精神與作品的內容風格能永久被保存下來，也使得作品有其自身的生命感。

(四) 昇華情感

文學作品就像藝術品一樣，要能帶領人們暫時跳脫日常生活軌道，乘著文字，優遊於想像的國度中，暫時得到精神上的超脫與心靈上的休憩，使讀者的心靈隨著文字的描述而獲得精神上的昇華，進而讓身、心、靈充分放鬆，在放鬆中，自然而然能對生活產生一番新的體悟。當重返現實生活裡時，自能得到一股重新出發的力量。這便是看似無用

的文學作品，其中所潛藏的內在深層力量。而不僅僅是文學作品，任何好的藝術作品也都同樣能使人們的情感得到昇華，使其在藝術作品中，暫時獲得一種心靈的沉澱，在沉澱中，重獲心靈的力量。

(五) 滋養心靈

文學與音樂雖不像有形的事物，例如美景、美食、華服等，一樣能帶給人們立即的回饋與及時的快樂。但好的文學作品就像精神糧食一般，透過文學作品的啟發與觸動，能夠真正探觸人們的心靈深處，經由共鳴而產生反思，因而使內在生命得到提升並且獲得力量，這便是文學作品真正迷人之處。有時，當我們看到美好的事物時，或許會被它令人驚嘆的外表所著迷，但鮮少會因此而感動得流下眼淚。惟有當我們聆聽一首觸動人心的美妙樂音或觀賞了一場溫馨動人的電影；閱讀一部感人的小說，或是欣賞一幅令人驚心動魄的精采畫作時，在深受感動的當下，才會不由自主地流下淚水，這便是藝術作品無聲的力量，這種力量雖是無形，但穿透力卻很深厚，且能不受時空所限制。

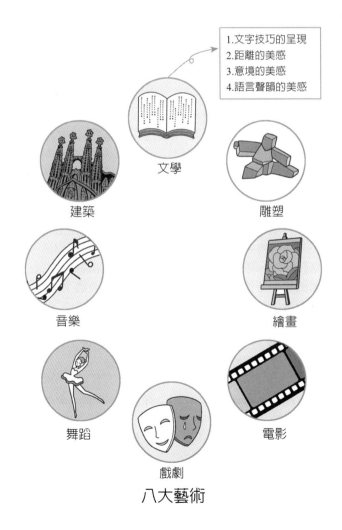

1.文字技巧的呈現
2.距離的美感
3.意境的美感
4.語言聲韻的美感

文學

建築

雕塑

音樂

繪畫

舞蹈

電影

戲劇

八大藝術

UNIT 1-6 文學與社會

上一個單元我們已經談論過文學與藝術的密切關係，本單元我們所要探討的主題是文學與社會的關係。

文學會反映出一個社會的氛圍與環境，因此，文學與社會息息相關。文學對於社會雖未必能產生立即的影響，但一定能產生間接的影響。例如：一個經常閱讀文學作品的人，久而久之，他的思想與感情自然而然具有一定的深度與廣度，因此有人認為閱讀文學作品能轉化社會風氣，的確如此，透過文學作品能幫助我們反思自身的存在價值以及生活方式，從而達到自我調整的作用。一個充滿書香的社會，同時將會是一個有質感、有內涵的社會，在不知不覺中便能移風易俗，改善社會風氣。

此外，文學與一個人在社會上工作的關係亦息息相關，倘若從實用面來思考這個問題，將會發現文學與工作具有相輔相成的關係。一個音樂家如果能有好的文學底子，除了唱歌、作曲之外，他還可以自行填詞，成為一位全方位的創作者，例如香港作詞家林夕（1961－），他所填的詞及所作的曲都十分具有個人的風格，對於情感描寫也十分細膩，令人印象深刻。又比如一位企業家，如果他有好的文筆，就比較容易透過一篇篇敘述生動的文章與客戶、員工之間建立良好的溝通管道，凝聚向心力，相信對於公司的工作績效，必能有所助益。

從日常生活中的工作層面來看，舉凡簡報、會議紀錄、工作報告書等，無一不與文字的表達能力息息相關。因此，好的文學底子必能讓自己在職場上的工作表現無往不利、屢創佳績。

現今社會在職場上十分重視溝通協調能力，而溝通能力乃得力於良好的表達力，好的表達力能讓我們在職場上的表現更出色。因此，多閱讀文學作品，對於我們的文字及口語表達能力必能有所幫助，這就是工作與文學的關係，二者看似無直接關係，實則具有密切的關係。此外，在工作之餘，我們也能透過閱讀文學作品，培養個人深厚的文學基礎，打開生活視野，對於在工作上所遭遇的困難也較能從不同的角度來看待，進而產生出創新的點子與靈感，這也是文學對工作的間接影響。

現今社會，由於網路的興盛，年輕學子們大多沉溺在網路E世界裡，這樣的生活型態造成在書寫上，常使用MSN即時通訊或Facebook等短語式的文字表達。因為透過電腦選字，以致於漸漸忘卻許多字的正確寫法，造成文字誤用的情形，頗為嚴重。短語式的文字表達方式有時會讓文字的敘述顯得太過突兀，容易造成文意表達不完整，久而久之，容易形成有佳句而無佳篇的情況，對語言能力與文字表達能力造成負面的影響。針對上述狀況的改善之道就是要有自覺心，並且養成多閱讀、常寫作或寫日記的好習慣，從實際創作中一點一滴積累文學創作功力，有一天在職場工作需要用到時，才不致於產生「書到用時方恨少」之憾嘆。

從實際面來看，工作既然與文學具有密切的關係，我們便需要有多一點

的耐心，長時間養成閱讀與寫作的好習慣，讓閱讀成為一扇通往世界的門窗，帶領我們優遊於想像與真實的世界之間，培養敏銳且多視角的觀察力，養成每天寫日記的好習慣，日久，文學終將成為一對翅膀，帶領我們透過想像力更輕省地認識這個豐富而多采的世界，並且從中發現創作的樂趣，相信有一天，必會感謝文學豐富了我們的生命與工作，這便是文學，看似無立即之效用，但其影響力卻是深遠而深刻的。

文學的社會功能性

反映社會	培養內涵
幫助溝通	增進表達

臺灣文學家舉隅

作家	簡介與作品
賴和	彰化人，有「彰化媽祖」、「臺灣魯迅」、「臺灣新文學之父」的稱號，作品內容描寫日據時代殖民者對臺灣同胞壓榨，具有強烈的抗日意識、豐富的同情心，以及深刻的自我反省。著有《一桿「秤仔」》、《南國哀歌》、《不如意的過年》、《浪漫外紀》、《豐收》等。
楊逵	出生臺南新化的中產知識階級家庭。風格誠實、結構樸實，發揚了被壓迫者不屈不撓的民族魂。作品充滿堅毅、希望的力量。著有《送報伕》、《壓不扁的玫瑰》等。
呂赫若	生於臺中，作品反對封建與家庭的病態、控訴日據時代的社會經濟結構為主，同時有深入女性題材。著有《呂赫若小說全集》。
鍾肇政	生於桃園，開拓臺灣文學的歷史觀點，開啟臺灣大河小說創作。著有《濁流三部曲》、《臺灣人三部曲》、《魯冰花》等。
白先勇	生於廣西桂林，1950年來到臺灣。作品主要寫從大陸流亡到臺灣的上流社會人物，反映他們腐朽、墮落與愴然失望的心情，以及舊制度的沒落與死亡，同時也關懷同性議題。著有《孽子》、《臺北人》、《寂寞的十七歲》等。
王禎和	生於花蓮，作品內涵深植於花蓮風土，嘗試方言敘述寫作，以現代手法寫小人物，以喜劇方式表達內心深沉的悲傷。著有《嫁粧一牛車》、《香格里拉》、《玫瑰玫瑰我愛你》等。

UNIT 1-7
文學與創意

現今社會各行各業均講究並提倡「創意」，何謂「創意」？「創意」是可以經過培養的嗎？要如何培養？「創意」與文學的關係又如何？這些是本單元所欲探討的主題。

一、何謂創意？

談到「創意」，很多人會聯想到「創新」、「特別」、「和別人不一樣」等語詞。的確如此，有時「創意」會使人眼睛爲之一亮，其中有很大的因素來自於「創新」、「特別」、「和別人不一樣」的表現方式。但這幾點僅僅是我們所看到的「創意」所呈現出來的結果而非過程。我們應該進一步思考的是「how」，也就是「如何能」的問題。如果我們要簡單地爲「創意」下一個簡單的解釋，我們可以說「創意」是將腦海裡「創新」、「特別」、「和別人不一樣」的想法加以落實、實現的一個過程。但這樣的說法仍無法提供我們培養自身創意的來源、方向與管道。一個有創意的人，可能有一大半的原因是因爲天生性格便具有創意分子，但另一個重要因素乃在於不斷地接收外在環境的刺激與觀察力的培養。事實上，我們並不能創造什麼，有的只是「發現」而已。一個具備敏銳觀察能力的人，總能在日常生活中，發現別人所未能發現的新觀點，看見別人視而不見的資源而引以爲己用，也能看見關於生活中許多大大小小、特別的人、事、物，並將他所發現的一切，化成自己的創意養分，用特別方式呈現出來，於是便產生出創意作品。

二、如何培養創意？

在日常生活中，我們究竟該如何做，才能培養或訓練自己的創意力呢？有沒有比較明確或具體的方法可以用來培養創意呢？其實，簡單地說，創意就是在舊有的東西上做一點新的或小小的改變。有時只是將原有的東西縮小成爲新的用途，比如曾在網路上風靡一時的小盒水果箱，便是將原來裝水果的大型白色水果箱縮小成手掌大的小水果箱，裡面裝水果軟糖，搖身一變，便成了可愛、小巧、創意十足的水果糖盒。這便是在舊有的東西（大型白色水果箱）做一點小小的、新的改變而產生出的創意新產品、新商機。

另外，新聞也曾報導一則有創意的實例。內容是說有一位鐘錶行老闆，有一天在修手錶時，突然靈機一動，決定將手錶裡的指針調成逆時鐘走，因而設計出逆時針手錶，頗得年輕人的喜愛。這也是在舊有的東西（手錶）做一點小小的、新的改變（逆向走）而產生的新創意、新產品、新商機的具體實例。因此，如果我們的腦海裡有靈機一動的想法，千萬別把它當成胡思亂想而讓它一閃而過，反而應該及時將它記錄下來，並且想盡辦法將想法付諸實現，有時便能有新的創意成果產生，甚至能爲自己帶來創業商機。

三、培養創意的方法

至於該如何從日常生活中培養出創意

力呢？有沒有具體的訓練方法？關於這幾個問題，我們大致上可從以下幾點來思考：

㈠ 多參觀國內外的展覽

首先，我們可以多看看海內外不同的展覽，例如畫展、書法展、設計展、車展、家具展、旅遊展等，從中汲取別人的創意點子，有機會便將之融入自己的創作中，使其蛻變成屬於我們自己的新創意。此外，參觀國內外各種不同的展覽也能開拓視野，刺激新的想法與看法，從中發現新點子，因而產生新的創意作品。

㈡ 將生活中的事物加以重新排列組合

許多創意都是從破壞的過程中產生的。因此，在日常生活中，我們應該試著從被破壞的事物中去發現有沒有再利用的可能。例如：有人將廢棄的寶特瓶加以整理、創新，使其成為一面極富創意的環保牆。2010年臺北花卉博覽會即有利用寶特瓶製作而成的創意建築，既環保又極富新意。近幾年來，由於環境與氣候的急遽變遷，社會大眾紛紛響應環保，也有人將咖啡渣再利用，製成有機衣服、襪子等，同樣也是某種透過再利用而產生出來的新創意產品。此外，也可透過重新組合的方式，激發出不同的創意。例如：將筆與錄音機結合，即產生出錄音筆。又將錄音筆與雷射功能結合，便成為一物三用，兼具筆、錄音與雷射指示功能的三合一多功能用筆，讓筆不再僅限於書寫功能，這便是透過重新組合而研發出的新創意產品。

另外，我們也可從許多廢棄輪胎再利用的例子中，看到新的創意點子。例如：在某些公園裡，可以看到將輪胎改製成運動器材的例子。也有人將單車的車輪改製，掛在牆上當裝飾品，成為獨一無二的藝術創作。

㈢ 跨領域思考或跨界合作

創意有時來自於顛覆傳統思維。顛覆傳統思維的方法之一就是透過跨領域思考或跨界合作而產生的。比如：生物領域與科技技術的創新合作，便產生出生技產品。另外，運用聲光科技可以輔助書法等藝術展演，也能讓民眾有耳目一新的感覺。當代書法家董陽孜女士便曾將她的書法創作與空間藝術、流行歌曲創作等不同領域相結合，形成跨領域的創新展演元素。至於如何才能在跨領域思考或合作中產生出新的創意呢？最基本的要素是要先對自己的專業領域非常熟悉，才能深入淺出地發現與其他領域合作的關鍵及契機，進而創造出讓人眼睛為之一亮的創新產物。所以跨領域思考或跨界合作對於創意的產生有著重要的影響。但在這過程中，最重要的是要對自己的本業十分深入而透澈地了解，也要有廣闊的跨領域專業知識，才有可能在不同領域相互激盪中，產生出具有創意的新事物。

㈣ 在旅行中累積創作靈感

除非是天才型的創作者，否則大部分的人都需透過不斷地觀摩、學習、吸收他人的點子以為己用，進而激發出自己的創造力。旅行除了可以將我們暫時帶離原來的生活軌道，讓身、心、靈得到充分休息之外，也能打開我們的心靈觸角，迎接內外在新的刺激與挑戰，進而發現新觀點及產生靈感，將旅途中的所思、所感與所見所聞隨時利用文字、畫筆或攝影機、照相機記錄下來，成為一種累積生活經驗的新元素，藉此成就創意的新素材。

總而言之，創意的培養與文學創作

息息相關。我們若能適度嘗試日常生活中可以給我們新點子、新刺激的生活方式，利用多多參觀國內外大大小小不同的展覽或經常將生活中的事物加以重新組合變化，練習跨領域思考或合作的可能、在旅行中累積創作靈感等方式，相信一定能讓我們創意不絕、靈感不斷。而在這一切的過程中，最重要的是要能隨時隨地把心打開，讓身心靈的觸角變得敏銳，除了用眼睛觀看這世界外，也要用心靈仔細地觀察與品味外在世界。那麼無論身處何方，一定能時時發現新的創意元素。

圖解：文學概論

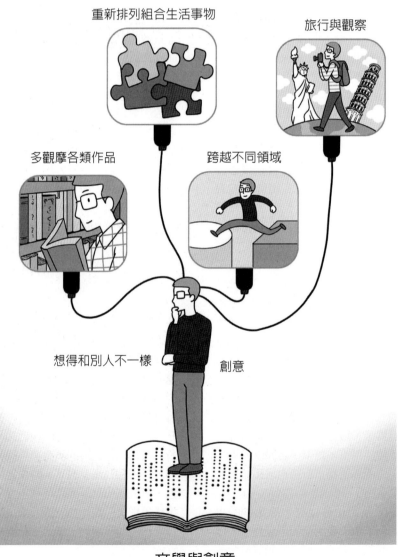

重新排列組合生活事物

旅行與觀察

多觀摩各類作品

跨越不同領域

想得和別人不一樣　創意

文學與創意

UNIT 1-8 文學與想像力的關係

「想像力」這個詞語，大家都很熟悉，但什麼是「想像力」呢？簡單地說，「想像力」是一種天馬行空，任由思緒不受拘束地跳動，但卻不是胡思亂想，而是有針對性、有主題性地進行想像。

在日常生活中，我們可以透過哪些具體的方法來培養或激發我們的想像力呢？有些人天生就具有奔放、豐富、多采的想像力。然而對一般人而言，想像力需要有方法地被帶領、被訓練才不會隨著年齡增長，受現實環境的許多壓力所宰制，日漸失去自己原有的豐富想像力，這是十分可惜的一件事。

以下我們將介紹幾個簡單的方法，用以激發潛藏在我們每個人腦海中的豐富想像力。

一、適度地放鬆心情

經驗告訴我們，當我們的心情處於放鬆的時刻，許多靈感與天馬行空的想法就比較容易悄然出現。現代人的生活步調快速，各行各業都十分忙碌，很多時候，在朝九晚五的規律生活中，一些天馬行空的想像便在不知不覺中被消減或壓抑在潛意識中。因此，在忙碌的生活中，我們一定要適度地安排一些能讓身心放鬆的休閒活動，例如寫書法、打桌球、彈鋼琴或和家人朋友一道去野餐、喝下午茶等，只要是從事自己有興趣的休閒活動，必定都能讓我們在不知不覺中放鬆心情，而在心情最放鬆的時刻，通常也是想像力最奔放的時刻，在這樣的時刻裡，人們比較容易有靈機一動的創作靈感。

二、培養聯想力

在日常生活中，我們應如何培養聯想力呢？簡單地說，想像力就是天馬行空，不設限地聯想，養成聯想的習慣有助於訓練我們的想像力。在日常生活裡，當我們看到一件事或一個物品時，可經常訓練自己立刻聯想到其他事物的能力，有時看似無厘頭的一場想像或聯想，卻可能是最富有創意的想法。例如西班牙畫家達利，在他的畫作中，可看到許多透過對現實中的物品加以聯想、想像，而轉化、產生出的超現實畫作，讓人眼睛為之一亮。

在寫作方面，聯想力練習通常是培養豐富想像力的第一步。例如：看到大海有人聯想到「一張藍色的大床」，有人聯想到「一張大水床」，或者進一步延伸想到「海鷗」、「危險」、「出發去旅行」、「海底世界」等，各有不同的聯想，但透過這樣天馬行空的聯想，卻是很好的寫作訓練之前奏。因為許多良好的譬喻都是從聯想中得來的，例如：如果我們將句子寫成「大海像一張藍色的大床」就是一次很不錯的譬喻法的運用。由此可見，聯想力與想像力是寫作者的重要創作元素。

三、想像力讓作品更富有創意

透過天馬行空的想像，可以讓讀者經由文學作品而體會到在日常生活中不一定能實現的夢想，例如：想像自己是擁有強大魔力的魔術師，或者身披一襲國王新衣、擁有一件隱身斗篷等。讓讀者在閱讀過程中，隨著作者豐富的想像力

而暫時忘卻生活壓力，並暫時脫離現實環境的壓力源，讓身、心、靈隨著文字恣意去旅行。

因此，要培養良好的寫作能力，首重想像力的培養。每個人在孩提時大部分都擁有良好的創意與天馬行空的想像力，可惜久而久之，想像力被一成不變的日常生活事物給抹煞了，人變得只看重眼前的真實物品或現實利益，一旦有了天馬行空的想法，很容易被斥之為胡思亂想，日久，想像力就無端地被抹煞。但值得慶幸的是，天才的想像力通常是無法被遏止的。一個真正富有想像力的人，不管外在環境多麼糟，一心一意都想從事自己所喜愛的創作，不論是畫畫、唱歌或寫作。一個有強大生命力的人，他的想像力能超越外在時空限制，一股無法遏止的想像力，將自然而然地散發在他的作品中，呈現出屬於他自己的獨特風格。所以，想像力可說是文學作品的靈魂。一個想像力豐富的人，他的作品一定會隨著個人眼界的開拓、生命境界的提升、人生閱歷的豐富而有所不同，不管是哪一時期的創作，總能時時讓讀者感到驚艷，三十歲時所寫出來的文章一定不會和四十歲相同。惟有具有豐富想像力與創造力的人，他的作品才能日新月異，不斷地創新，每次最近力作都能令讀者期待與激賞。因此，一位成功的作家，通常視想像力為靈魂中不可或缺的一部分。

每個人從小都有豐富的想像力，可惜長大後被許多所謂的正經事消磨殆盡，故而漸漸失去想像力。最重要的是，要永遠保持好奇心，始終擁有不怕犯錯的心態，如此才能從不斷地嘗試發現新的可能中，產生新創意。因此，若要維持想像力，應該隨時保有純真的心，時時擁有好奇心去發現生活中的新事物。一如明末李卓吾的〈童心說〉：「苟童心常存，則道理不行，聞見不立，無時不文，無人不文。」常保童心，常存真心，便能以心映物，隨處發現寫作題材。此外，若能在正常的生活軌道之外，每天給予自己新的刺激，例如：每天走不同的路線回家，選一條不同的路散步，利用一些小小的喜悅與刺激，為生活增添色彩，相信必能活化日漸沉睡的想像力。

問題思考與單元習作

1. 何謂文學？文學與生活或工作有何關係？試就你的個人經驗，論述你的看法。
2. 何謂創意？在日常生活中，我們可以透過哪些具體的方法來培養我們的創意？
3. 想像力是天馬行空嗎？它與文學創作有何關係？
4. 文學是藝術的一種嗎？它有何藝術特質？
5. 文學包含哪些範疇？各個範疇的特色又如何？試舉例說明之。

1. 訓練聯想力：

想到　　再想到

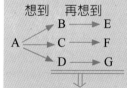

寫作時的素材：
譬喻、借代、象徵

2. 天馬行空：超越時空、常理的限制
3. 永保好奇心：隨時隨地、萬事萬物皆好奇
4. 赤子之心「苟童心常存……無時不文，無人不文。」（李卓吾）

培養想像力

第 **2** 章

小說概論

章節體系架構 ▼

UNIT *2-1*　　小說的基本要素

UNIT *2-1*　　古典小說概述與舉隅

UNIT 2-1
小說的基本要素

圖解：文學概論

何謂小說？小說的基本要素為何？小說與散文、戲劇、詩有何本質上的差異？

這些問題在上一章大致皆已論述過，本單元所欲探討的問題是從實例來分析小說的特性。以一篇小說來說，內容包含故事背景（即時代環境）、人物、對話、情節、故事性等基本要素。簡單地說就是什麼人、在什麼時間、什麼地方、發生了什麼事？以白先勇的作品〈孤戀花〉為例。〈孤戀花〉是以民國三十八年大陸播遷來臺為時代背景，人物則以舞廳裡的舞女為主角，敘述主人翁阿姐對同在舞廳裡工作的歌女五寶一分深刻的情誼。後來阿姐因為戰亂而逃到臺灣，物換星移，人事已非，五寶已因吞食鴉片而離世。獨自來臺，到了臺灣這個新環境的阿姐，迫於環境，也只能重操舊業，到臺北舞廳擔任「總司令」一職。在舞廳裡，阿姐遇到在臺灣土生土長的娟娟。娟娟的生命遭遇十分令人同情，她的母親精神異常，被她的父親綁在豬圈裡。娟娟長大後，被常喝酒的父親性侵害，最後娟娟逃出了家，淪落紅塵。阿姐第一次看到娟娟就感到有一股似曾相識的熟悉感，不是因為娟娟的外表長得像五寶，而是外表的一些特徵和五寶頗相像，這讓阿姐聯想到五寶。白先勇透過阿姐這位主人翁來敘述娟娟與五寶二人的相似點。阿姐說：「她們兩個人都是三角臉、短下巴、高高的顴骨、眼塘子微微下坑，兩個人都長著那麼一副飄落的薄命相。」白先勇以類似

的外表特徵，來暗指兩人的命運也將類似。「兩個人都長著那麼一副飄落的薄命相。」這句話似乎隱含著伏筆與暗示，最終娟娟的下場也和五寶一樣悲慘。可見，小說經常透過對話來暗示或延展情節的發展，在人物對話中自然地留下線索，為接下來的情節預先做了安排。

因此，一篇好的小說，除了要有流暢的語言敘述外，也要有活靈活現的人物與生動的對話內容。一般人如欲創作小說，最重要則要以人、事、時、地、物為基礎，一開始可先以自己最喜歡的作品為模型，透過模仿創作中，慢慢找到屬於自己的創作理路與風格。

創作小說時有幾項參考依據：

一、一個好的題材

小說就是要說故事，透過創作一個新故事帶給讀者一些新觀點與人生的新體悟，因此，有一個吸引人的題材是創作小說很重要的元素。一個好的題材，除了會讓讀者眼睛為之一亮外，也能讓讀者在閱讀之餘，產生感動或情感上得到提升。好的題材得來不易，有時靈感可能得自社會新聞，有時可能來自身邊所接觸到的人、事、物，這就是為何開放的心胸對於一位創作者很重要的原因。因為有了開放的心胸便比較能夠「處處留心皆學問」，留心觀察生活中大大小小的事物，將之適度取材，以為小說創作時的題材。

二、精采的人物刻畫

　　人物刻畫能否成功，決定一個故事是否能吸引人。一個作家如果想在作品中刻畫出精采的人物，可以嘗試從生活中自己熟悉的人、事、物開始寫起，試著刻畫出其特色與細節，從最熟悉的地方練習，日久自能創造出精采的小說人物。好的人物刻畫要能栩栩如生，會讓人印象深刻，甚至有一種讓人誤以為是真實世界中的人物之錯覺，這樣的人物刻畫可說成功了一大半。

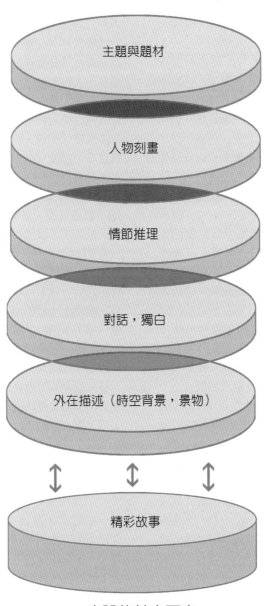

主題與題材

人物刻畫

情節推理

對話，獨白

外在描述（時空背景，景物）

精彩故事

小說的基本要素

UNIT 2-2 古典小說概述與舉隅

圖解：文學概論

小說本是街談巷弄，道聽塗說的紀錄。唐代以前被認為是小道之學，在以科考掛帥，求取功名的時代，小說的地位一直未得到重視。六朝時的小說大多像是新聞記者記下所見所聞的新聞事件，直到唐代的傳奇小說興起，小說漸漸有了完整的雛型與豐富多樣的情節及內容，於是小說的形式日漸成熟。唐傳奇的作者有些是立意好奇，透過小說想要傳達一些當時的社會觀念，以及作者的思想情感等。

中國的「四大小說」是《紅樓夢》、《水滸傳》、《西遊記》、《三國演義》。《紅樓夢》代表中華兒女的愛情觀，以及貴族生活的興衰。《水滸傳》則代表中華文化的友情觀以及「官逼民反」的社會政治現象。《西遊記》則隱含著佛、道、儒三教合流的宗教哲學觀，以及人生的苦難與修煉。《三國演義》透顯出中國文化特有的忠義精神。讀過中國四大小說，便能了解中國的人情事理，以及倫理法則。

《紅樓夢》的特色在於以清代的榮、寧二府為背景，書寫主人翁賈寶玉、林黛玉與薛寶釵之間的三角愛戀，所涉及的事件與人物眾多。由於所描寫的場景主要是達官貴人的生活型態，因此，相當程度能反映出清代貴族生活的豪奢，同時也帶出一個大家族的興盛與衰敗的過程，整個故事流露出濃濃的佛家「無常」思想，也隱含了儒家重倫常的特色，頗能反映儒、佛思想互攝的文化特質。但作者還安排賈寶玉愛讀《聊齋誌異》等小說，不愛求取

功名之反儒家封建思想的思維。有人將《紅樓夢》與曾得過諾貝爾文學獎的拉丁美洲名著《百年孤寂》對舉，對於曹雪芹《紅樓夢》一書的肯定，可見一斑。《紅樓夢》在中國歷代小說作品中，人物刻畫之活潑生動以及所涉及範圍之廣，至今鮮少有一本小說能出其右。無論是人物刻畫、情節發展之多線性與複雜性，或人物對話與情節內容的豐富度，都使《紅樓夢》成為歷來最突出、最具特色的小說之一。

整部《水滸傳》所展現的特色就是「官逼民反」的時代現象。《水滸傳》以宋江、林沖等一百零八條好漢為故事的敘述主軸，最後不得不投奔梁山，被迫脫離當時的社會環境，暫隱山林的悲哀、無奈與辛酸。《水滸傳》在一定程度上，反映出作者對當時官場那種「官官相護」、不公不義現象的批判，從另一個角度來看，也是藉由此一作品為宋代的人民與被迫害者發聲。以〈林沖夜奔〉情節為例，可看出花和尚魯智深為朋友兩肋插刀、赴湯蹈火在所不惜，講義氣的灑脫性格，花和尚與朋友交往，十分講義氣，在林沖被陷害而被押解到滄洲時，一路護送林沖到滄洲，那種「洒家送你到滄洲」的熱情，在歷經生命滄桑的林沖內心注入了一股暖流。讀過《水滸傳》，你便會見證到人性中的真誠與背叛。真誠者，一如花和尚魯智深之於林沖；背叛者，則展現在林沖的童年好友陸謙因為依附權貴而對從小一起長大的朋友——林沖的背叛，以及苦苦相逼的絕情。在

小說中，我們同時見證到人性裡的善與惡。

《西遊記》一書隱含著中國文化中佛、道、儒三教合流的宗教哲學觀。故事以唐三藏出使西域取經為敘述主軸。作者巧妙地安排了幾位有代表性特色的人物在唐僧身邊，以此展現各個不同性格的人性特色。例如：唐三藏展現一種人類對理想的堅持與不放棄的高尚情操。那種縱使歷經千辛萬苦，仍然一心一意想要抵達目標的決心，著實令人動容。孫悟空所象徵的是一種身心經歷過千山萬水的熬煉，最後終於體悟出四大皆空，人世無常的不變真理，生命境界因著不斷地受外在環境考驗，並想辦法跨越困境而一次次被往上提升，最後成功地幫助師父唐三藏抵達西天取經，一路上化險為夷，順利完成使命的精采過程。同時，一路上展現他對師父的忠貞態度，以及原本個性頑劣不堪，最後卻被如來佛收編的精采經過。在故事中，同時展現了中國佛、道、儒的精神特色。

《三國演義》以三國時代為故事背景，敘述劉備、孫權、曹操等領袖各據一方、三國鼎立的時局與境況。在這樣的故事基礎下，敘述諸葛孔明、周瑜等人對諸侯王忠心耿耿的態度，展現他們機智多謀的性格特色，在忠義精神主軸下，鋪述出一場場令人印象深刻的歷史事蹟，例如：孔明借箭是令人十分讚嘆的場景與故事情節，讓讀者可以深切感受到孔明、周瑜等人為了自己的君王與國家，如何費盡心思、冒險犯難，就算犧牲性命也在所不惜的忠義情操。

中國四大小說《紅樓夢》、《水滸傳》、《西遊記》、《三國演義》，除了透顯出中國文化中的友情、親情、愛情與君臣關係之外，也反映出深厚的中國儒、道、佛三教思想，是了解中國深層文化很重要的研究材料。

問題思考與單元習作

1. 試論述現代小說與古典小說的關係如何？
2. 中國四大小說中，你最喜歡的一部是？試敘述其中最令人印象深刻的人物與情節。

古典小說舉隅

書名		類型	作者	內容	特色
四大小說	紅樓夢	言情	清·曹雪芹	賈府的榮華富貴走向衰敗的背景下，描繪主角賈寶玉、林黛玉與薛寶釵以及眾多人物的情愛與生活。	創新的獨立作品，而非沿襲其他話本、故事或傳說。情節細膩，人物刻畫入微，語言優美，悲劇收場，而非傳統的大團圓結局。研究紅樓夢的論文特別稱為「紅學」。

書名		類型	作者	內容	特色
四大小說	水滸傳	俠義	元‧施耐庵	宋江等一百零八人因官逼民反，而落草為寇於梁山泊嘯聚結寨。人物形象鮮明，呈現宋代人民遭受迫害的政治社會現象。	為最早通行的白話章回小說，金聖歎評為六大才子書之一。描繪男性仗義的友情，以及當時政壇的黑暗。
	三國演義	歷史	元‧羅貫中	以三國時代的歷史為故事背景，描述劉備、曹操、孫權等領袖各據一方，相互攻防的軍事、政治場面與鬥智鬥力的精彩過程。	流行最廣的歷史章回小說。藉歷史人物褒忠貶奸，深中人心，創造出許多經典歷史場景如赤壁之戰，以及歷史人物典範如關雲長、諸葛亮、趙子龍、周瑜等。
	西遊記	神怪	明‧吳承恩	記述唐三藏與弟子孫悟空、豬八戒、沙悟淨西天取經的經過，途中遇到許多妖魔與磨難，最終達成目標，是結合儒、道、佛思想與神怪想像的冒險故事。	依玄奘西遊的事實改編，為中國神怪小說中結構最為緊湊、人物典型最為突出，且內容最為豐富、趣味橫生的一部。
金瓶梅		寫實	明‧蘭陵笑笑生	引用水滸傳武松的故事鋪衍撰寫而成，反應了明代的社會和貴人生活的荒淫面，描寫出社會黑暗面的真實情況。	是中國第一部細緻描述市井人物生活、對話及家庭瑣事的小說，揭露人性與時代的陰暗面，並有大量露骨的情色描寫。
聊齋誌異		神怪	清‧蒲松齡	以文言寫成，全書有四百多篇，寫仙狐鬼魅故事，而對愛情、科考、人情世故、善惡報應有所寄寓。	為短篇神怪小說結集，文辭簡潔，情節委婉曲折，成功塑造人與鬼怪間的糾葛纏綿。
儒林外史		諷刺	清‧吳敬梓	諷刺科舉時代讀書人追逐名利的醜態，以及趨炎附勢的氛圍。	人物形象生動深刻，語言通俗流暢，敘述筆鋒犀利。

散文概論

 章節體系架構 ▼

UNIT *3-1*　散文概述與舉隅

UNIT *3-2*　旅遊散文的特色

UNIT *3-3*　勵志散文

UNIT *3-4*　寓言故事

UNIT *3-5*　小品文概述

UNIT **3-1**
散文概述與舉隅

前述我們已經談過何謂散文以及散文的特色為何？本節我們將舉一些散文篇章為例，論述一篇好的散文應該注意的特色，以及其寫作上應該要考量的細節等問題。

圖解：文學概論

散文的體例頗為自由，因此在寫作時，可以意隨筆至，有如行雲流水，不會因為考量其他外在形式而限制創作思路。不過，值得注意的是，散文同時也是要注意結構的嚴謹性。一篇好的散文要有如行雲流水、一氣呵成的特色，同時，敘述的主題也要聚焦，才不致使結構過於鬆散，模糊了敘述焦點。因此，從題目、開頭、敘述到結尾，都應該經過仔細反覆構思，讓散文內容能讓人感到驚艷，乃至讓讀者讀完後有餘韻無窮、再三回味的感覺。成功的散文，除了有一部分是因為作者個人的才氣與創作天分所創造而成之外，其餘則要靠作者的用心布局與努力經營。

一、題目

題目的優劣攸關一篇散文的成敗，好的散文要有一個與內容能緊密貼切的命題，除了讓讀者看到題目，產生想一窺究竟的好奇心外，有時也可能下一個平凡無奇的題目，但一個平凡無奇的題目，必須要有一個敘述不凡的內容，讓讀者感覺到題目雖然平淡無奇，內容卻令人十分驚艷，這需要創作功力與才華的一併展現。例如：曾獲得2006年「懷恩文學獎散文首獎」的作品：許蓓玲的〈灶腳〉，題目乍看之下似乎平淡無奇，但因為內容敘述動人，情意真切

自然，讀完後便覺得這樣的命題再貼切不過了。

二、開頭

當我們開始閱讀一篇文章或觀看一場電影時，開頭十分鐘可說是具有關鍵性，因為這十分鐘通常會決定我們是否有想繼續往下看的興趣。因此，文章倘若能有一個好的開頭，便可算是成功了一半。從開頭第一段能否立刻吸引讀者的眼光，就可看出這篇散文是否已成功擄獲了讀者的心。

三、流暢的敘述

散文大都描寫作者個人的生命經歷與生活中的所見所聞，因此，好的敘述要能讓讀者有身歷其境的感覺，讓人印象深刻。因此，流暢的文字敘述也是一篇好散文必須具備的基本特色。

四、真摯的情感

一篇好的散文，情感的表達應恰如其分。好的散文，其文章內容應該讓人有餘韻無窮的感覺，通常在文章結束時，會帶出整篇文章所欲表達的情感及中心思想，而情感的表達應該適切，不可過與不及。含蓄而內斂的情感表達，會讓人讀完文章後感到內心澎湃洶湧、回味再三，這樣的散文便堪稱是佳文。以2006年「懷恩文學獎」社會組首獎作品〈灶腳〉為例。作者許蓓苓以清新自然的筆觸，委婉而含蓄地帶出對阿嬤的思念，以及阿嬤以訥默的愛守護一家人的心意，全文無一句言及阿嬤愛

家人的話語，讀來卻句句能感受到阿嬤的溫柔與愛意。含蓄而溫婉的表現方式，令人回味再三。

近代幽默大師林語堂先生（1895－1976）曾有一段精闢的評論，論及散文與文言文之間的並比，在對比中，我們更能看出散文的特色。林語堂說「文言的使用會使文章具有一種極為幹練的風格，故不可能成為優秀的散文。優秀的散文首先必須能夠反映日常生活，文言則不稱此職。其次，優秀的散文需要有足夠的篇幅來充分顯示其敘述才能，而文言則往往傾向於惜墨如金。經典作品講究濃縮、字斟字酌、純淨和反覆組織。優秀的散文不應該講求典雅，而古典散文卻以典雅為惟一旨趣。優秀的散文是自然地大踏步向前，古典散文則是備受束縛，用裹著的小腳走路，且步步都要走得有藝術性。」[1]這段話頗能反映現代散文自由又奔放的特色。現代散文因為形式與內容較自由，因此大多時候能使作者放開思路，自由而暢達地任由想像力奔馳。

現代散文特色

表達真情： 傳達作者內心真摯的心情與感觸，進而能感動讀者。	反映真實： 題材除了呈現作者的經歷、所思所感之外，也反映出作者的生活樣貌、心靈寫照與人格取向等。
兼具理性與感性： 使讀者在感動之餘，也能有所體悟、有所見識、有所反思。	細膩鋪陳： 現代散文不受篇幅所限，得以自然地顯示敘述才能。

知名散文作家舉隅

作家	風格	代表作品
阿盛	善於描繪鄉土題材，以風趣機智的風格勾勒筆下的故事和人物，特別的文字韻味含著現代說書人的語調，在冷筆中富有熱情，在簡單的敘述中有多重的趣味，令人莞爾之餘呈顯人性深處的荒唐以及人生的無奈，在臺灣散文作家中獨樹一幟。	《唱起唐山謠》、《兩面鼓》、《行過急水溪》、《如歌的行板》、《阿盛精選集》、《萍聚瓦窯溝》等。

1　林語堂：《中國人》（上海：學林出版社，2000年），頁231-232。

作家	風格	代表作品
簡媜	以獨特的生命視角、華茂的辭采，書寫多樣的人生歷程，從童年回憶、少女情懷，到女性群像、社會觀察、傷逝、育兒、飲食、老齡等，作品在古典與現代之間穿梭，許多文字像是對自己的私語，引導讀者進入獨自的思維空間。	《月娘照眠床》、《私房書》、《胭脂盆地》、《女兒紅》、《紅嬰仔》、《老師的十二樣見面禮》、《誰在銀閃閃的地方，等你》等。
杏林子	以精細的觀察力，正向暖色的調性、平實的文風展現愛人愛世的關懷。杏林子自幼患病，身心飽受病痛煎熬，後因宗教信仰重新體認生命價值，透過散文、小品文關懷鼓勵他人。作品雖非屬精緻文學，卻處處流露動人的光與熱。	《生之歌》、《杏林小記》、《感謝玫瑰有刺》、《生命之歌》等。
琦君	文字清麗，含蓄委婉，為文多描述親人師友、故鄉童年，闡揚愛心與溫情；有著舊文學的根柢與新文學的洗禮，蘊涵深厚的人情味，透著練達的人生觀。	《桂花雨》、《三更有夢書當枕》、《水是故鄉甜》、《青燈有味似兒時》、《永是有情人》等。
楊牧	浪漫抒情中有著冷靜與含蓄，勇於試煉文字、語法，並積極探討現實層面問題，提出許多對臺灣社會的觀察、省思與批判，說理深切，展現濃厚的人文關懷。	《疑神》、《星圖》、《亭午之鷹》、《奇萊前書》等。

中國古代有名的旅遊散文是徐霞客的《徐霞客遊記》，作者以日記體的形式，主要以地理探勘為主軸，兼而記錄旅途中的所見所聞，留下許多實地探勘的記實珍貴材料。這樣的旅遊散文具有地理、歷史、人文、山川景色、植物與風土民情等多重意義的紀錄，予以讀者豐富的閱讀享受。

一篇好的旅遊散文，除了記錄作者的所見所聞，以及描述出栩栩如生的風景與當下的心境之外，也要能反映當地的文化特色、地方習俗、地理歷史背景與風土文物等。例如：當我們描寫鹿港之旅時，除了描寫天后宮、摸乳巷等特色景點及其歷史外，也應適時地帶進鹿港的文化背景、風土民情，進一步介紹當地的人文特色與文化古蹟，以及具有歷史意義的建築物等，讓旅遊散文的敘述內容具有一定的深度與廣度。

近代有名的旅遊散文家三毛女士（1943－1991）的《撒哈拉沙漠》，內容記錄她旅居撒哈拉沙漠時所見到的特殊文化風貌與異國風土民情，讓讀者可經由她的文字敘述，彷彿也跟著她到撒哈拉沙漠流浪一般，充滿了想像與異國風情的浪漫。同時也見證一位中國女子在異鄉生活的果敢、融入及勇氣。文字就好像攝影鏡頭一般，透過作者生動的描述，我們彷彿也能身歷其境，跟著文字去旅行。

此外，閱讀余秋雨先生（1946－）的《新文化苦旅》一書，同時也能深入認識中國大陸著名景點及其文化底蘊與歷史背景，正如書名一般，十分具有文化內涵。例如〈風雨天一閣〉、〈杭州的宣言〉等，讀完後，對於寧波天一閣以及杭州西湖的歷史背景皆能有一定程度的認識，甚至勾起孺慕之情，透過文字，讀者彷彿也跟著進行一場十分有深度的文化之旅，值得細細品味。於視覺上、精神上，都是一種莫大的享受。

由於旅遊散文是一種特定的書寫主題，因此，在創作時宜注意以下幾項要點：

一、了解當地的地理、歷史與文化背景

在書寫旅遊散文時，應該大致上先對那個地方的地理、歷史與文化背景有深入的了解，並進行描繪，再加上實地的探勘與遊覽，如此方能使讀者對那個地方留下深刻的印象，甚至引發一種想一探究竟的想望。除了可讓讀者在閱讀時能對當地的地理歷史與文化背景有深刻的認識外，也能透過閱讀，進行一場心靈的旅遊。

二、描繪地方文化特色

每個地方都有它特殊的文化風貌。以臺灣為例，當描繪臺中的文化與地方特色時，一定會提及臺中市幾個著名景點與地標，例如：臺中西區的國美館，以及美術館前後一路鋪展開來的綠園道及其沿途人文風貌、餐廳建築外觀等特色。另外，有名的逢甲夜市、一中街夜市，似乎也很難被忽略。而具有文化古蹟代表性的臺中火車站及其歷史背

景，以及臺中公園、大都會公園、文心公園等也充斥著臺中人都會生活的痕跡，各有其值得描寫的價值。然而值得一提的是，在敘述與描寫的過程，應針對各主題來描寫，避免淪為流水帳式的敘述。

三、美食文化

中國人是一個注重美食也懂得享受美食的民族，美食堪可代表一個地方的俗文化特色。在介紹在地美食文化時，除了介紹一些特色餐廳外，也應透過對小吃的描寫帶出地方文化特色、風土民情以及人與人之間的情感互動，以增加敘述時的生動性。例如：對臺中太陽餅的介紹，在某種程度上也能反映出在地美食文化。從介紹臺中肉圓或太陽餅的歷史，再帶入作者個人對這些美食與人文之間的特殊回憶，讓美食文化也能成為旅遊散文中，展現俗文化之美的一環，書寫內容亦能具有特色。以張曼娟女士的《黃魚聽雷》為例，書中除了介紹一道道美食之外，同時也帶出在享受美食之餘，人與人之間的情意交流與情感互動，深具意義與啟發。從中更能看出中國人的美食文化始終與人情世故緊密相連，在享受美食的過程中，同時也連繫著人與人之間的溫暖情意。如此，美食不僅僅是美食，也代表著一個民族的文化特色。

四、特殊人物介紹

如果所旅遊的景點曾住著特殊的人物，也可稍加著墨，增添旅遊散文的深度與廣度。例如：描寫到鹿港的旅遊經驗時，可介紹當地的書法家、藝術家，藉以呈現當地的文化特色。描寫到臺灣臺南府城時，也可同時帶出鄭成功與臺南府的歷史淵源。描寫到南投埔里時，對於埔里的書法家、畫家等藝術家，亦可多加著墨。例如在上海有張愛玲、魯迅故居，因此，當書寫上海此一景點時，除了介紹上海灘的歷史風華之外，也可帶出張愛玲、魯迅與上海的淵源及上海這個城市對他們的創作所產生的影響，如此便可將旅遊散文帶入一種人文深度。此外，倘若書寫杭州西湖此一景點時，除了描寫知名的西湖十景外，也必定要提到蘇東坡及他所建築的蘇堤，以及白居易與白堤，西湖因為有這兩位文學家的描寫而更增添美意，蘇東坡與白居易也因為西湖而永遠被杭州人所記得與懷念。一方水養一方人，凡走過必留下痕跡，人是無法與其所處的時代環境與地理位置切割開來的，因此，旅遊散文的書寫，也不應忽略地方人文特色。

五、與個人情感經歷相扣合

每個人對於同一個地方的感觸與體悟本來就不同。例如：當描寫雲林縣的北港鎮此一城鎮時，如果作者年輕時曾旅居北港小鎮，那麼多年以後，舊地重遊，筆下所描繪出的北港小鎮風情，一定與初來乍到的旅行者有很大的不同。舊地重遊可以帶入年輕時生活在北港小鎮的深刻回憶，以及在這片土地上曾經有過的深刻記憶、人際互動與情感交流。這樣的書寫必定比一般的旅遊散文更能打動人，有時也能激發讀者對同一個景點的回憶與情感。

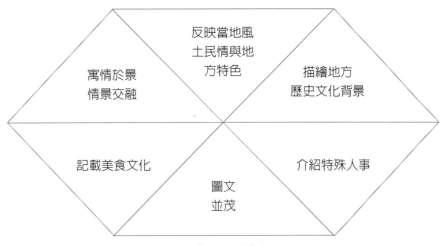

旅遊散文特色

旅遊散文舉隅

作家與作品	簡介
張曉風 《放爾千山萬水身：張曉風旅遊散文精選》	張曉風：「人是泥做的，腳不能踏在柏油水泥道，得踏在真實的土壤上。」她與友人走踏臺灣勝景，遠遊印度、尼泊爾、泰北、香港、沖繩、美國。本書是張曉風的旅遊散文精選，也是她貪山嗜水「一生玩不夠」的人生戳記。
余秋雨 《新文化苦旅》	作者親臨中國各地歷史著名景點，書寫當地的景致與歷史文化背景，以獨特的感懷、舒美的文筆極致交融人、景、情與史料，乃是呈現文化知識的旅遊篇章。
張曼娟 《天一亮，就出發》	以圖文並茂的方式，記錄日本、歐洲各地旅遊行腳、心情點滴、一瞬的感動、驚險的遭遇。用相機捕捉千年的記憶、繁花盛開的美景，是一本生命留痕的抒情散文。
吳祥輝 《芬蘭驚艷：全球成長競爭力第一名的故事》	用芬蘭的國家故事和啟示來關心臺灣，探究原本沒沒無聞的北歐小國如何建立「芬蘭識別」，個體生命如何追求「芬蘭價值典範」，自這個非常遠異常寒的地方，得到政治、教育、道德觀等的衝擊和啟發。

UNIT 3-3
勵志散文

散文的題材與內容廣泛，舉凡日常生活中的各種領域與各類題材，諸如美食、木工、園藝、旅遊等都可成為散文的創作題材。本單元想要特別一提的是勵志散文。何謂勵志性散文？簡單地說，就是具有鼓勵性、能激勵人心、使人向上、予人一股正向力量的散文，稱為「勵志散文」。坊間的勵志性散文不少，也多能提供青少年許多正確的價值觀。例如：《青少年的四個大夢》一書，提醒青少年應該有的價值觀與應該努力的正確方向，頗能給予迷惘中的青少年一股正向力量。此外，劉墉先生（1949-）的《點一盞心燈》、《肯定自己》、《創造自己》、《超越自己》等一系列勵志散文，經常引用日常生活中的實際例子或小故事來闡述深刻的道理，對於樹立青少年正確價值觀有很大的幫助。此外，劉墉有些作品是與他的兒子劉軒談話的內容，父子間的對話常能發人省思。雖然各自代表著兩代人的思維方式與社會價值觀，但也正因為如此，當讀者閱讀這樣的書籍時，同時也可了解到父與子兩種不同的觀點與立場。

談到散文家，便不可忽略龍應臺女士的作品。龍應臺的作品從《野火集》、《孩子你慢慢來》、《親愛的安德烈》、《目送》到《大江大海一九四九》等，每一個時期的作品都有其不同的特色與營造出來的特殊氛圍。值得一提的是《親愛的安德烈》一書，內容是以書信方式與其長子安德烈進行一場母子的文化對話。從中不僅能讀到兩代人的文化價值觀，同時也可看出這對母子看似不同世代的對話，卻又各自有著獨特的觀看世界的角度，值得玩味。《親愛的安德烈》一書可以給予許多人在親子間的互動方式一種參考方向與反思，對於青少年的價值觀養成及為人父母與孩子溝通方式等，皆具有鼓勵作用。

此外，近年來嚴長壽先生（1937-）也有許多頗能激勵人心的著作，例如《做自己與別人生命中的天使》一書，指引讀者一種正確的生活態度與社會價值觀，頗具有鼓勵性，也能提醒讀者反思自己的生活，進而調整自己的生活態度。

勵志散文的特色

積極正向的生命態度	以親身經歷鼓勵讀者
小故事大道理	提出轉念的想法或刺激

勵志散文舉隅

作家與作品簡介
劉墉 《點一盞心燈》、《肯定自己》、《創造自己》、《超越自己》等一系列勵志散文，引用日常生活中的實際例子或小故事來闡述深刻的道理，對於樹立青少年正確價值觀，有很大的幫助。
嚴長壽 《總裁獅子心》描繪個人的奮鬥史，以不畏艱辛，努力向上的生命特質，鼓舞社會新鮮人，並強調腳踏實地的重要。《做別人生命中的天使》提出許多正向、積極的人生態度，提醒讀者人我關係的重要性，且成為別人生命中的天使之際，最終受益的永遠是我們自己。
龍應台 《親愛的安德烈》以書信方式與其長子安德烈進行一場母子的文化對話，給予親子間互動方式的一種參考方向與反思，對於青少年的價值觀養成、親子溝通方式等，皆具有鼓勵作用。
考門夫人 《荒漠甘泉》以每日一則的短文，分享對《聖經》經文及個人生活經歷正向樂觀的看法，使人感受到積極喜樂所帶來的豐沛生命能量。

UNIT 3-4
寓言故事

在古典文學的範疇中，除了大家都知道的詩詞歌賦與小說、散文之外，還有一個有趣的文體，那就是寓言故事。當然也有人將寓言故事直接歸納在散文的範疇中，例如莊子的寓言故事便是散文的一種。但寓言故事算是特別的一種文體，且不管是對中文學習者或華語教學者，都是一個值得仔細認識的課題。

何謂「寓言」故事？其特色為何？「寓言」故事大多是用簡單的故事來講述深刻的人生道理。一般而言，我們比較熟悉的寓言故事有「狐假虎威」、「塞翁失馬」、「愚公移山」、「鷸蚌相爭」、「自相矛盾」等，都是大家耳熟能詳的故事。因為「寓言」通常都是以故事的型態出現，不論是哪一個年齡層都喜歡聽故事，而且每個「寓言故事」讀完之後，皆潛藏著某種生命哲理與人生智慧，從故事裡體悟出生活中的大道理。小故事也能富含深刻的教育意涵。例如「塞翁失馬」的故事，提醒讀者「禍福相倚」的觀念，讓我們學會以正向的態度來看待生命中的逆境，也讓我們學習在順境時居安思危，在逆境中以正向的態度來回應當下的困境，這就是為何我們需要「寓言故事」的緣故。人類生性喜歡聽故事，不論是大人或小孩，都喜歡聽故事，因此，藉由故事性而帶入生命哲理，是最能打動人心，且為人所接受的一種方式。

> 寓言故事：以用簡單的故事來寄寓深刻的人生道理，通常含有諷諭和教育意義。故事中的主角可以是人，可以是動物，也可以是無生物，從中反映人性百態。

在中國常化成警世成語

庖丁解牛
梁惠王時有位廚師善宰牛，且技巧極為熟練。典出《莊子·養生主》，後比喻對事物了解透徹，做事能得心應手，運用自如。也藉以闡釋如何保養精神、如何處世的方法。

朝三暮四
本指一養猴人以果子飼養猴子，施以詐術騙猴的故事。出自《莊子·齊物論》，後比喻以詐術欺人，或心意不定、反覆無常。

識途老馬
春秋時齊相管仲隨桓公出征，在回程時迷路，於是讓老馬走在前頭，其餘人馬跟隨在後，終於找到原路。典出《韓非子·說林上》，後稱經歷豐富練達的人。

一傅眾咻
一人教誨時，眾人在旁喧擾。比喻學習受到干擾，成效不佳，或環境對人的影響很大。語出《孟子‧滕文公下》。

狐假虎威
狐狸與老虎同行，借老虎的威風嚇走百獸，卻使老虎誤信百獸乃畏狐狸而走。見《戰國策‧楚策一》，後比喻憑恃有權者的威勢恐嚇他人、作威作福。

畫蛇添足
戰國時有楚人以比賽畫蛇決定誰可以喝酒，有人畫好後又添畫四隻腳，此時第二個人也已畫成，第一個人則因為多畫了根本不存在的蛇足，反而失去本已贏得的酒。典出《戰國策‧齊策二》，後比喻多此一舉而於事無補。

金玉其外，敗絮其中
形容外表美好而內質破敗。出自明‧劉基〈賣柑者言〉。

UNIT 3-5
小品文概述

圖解：文學概論

　　小品文簡單地說就是極短篇散文的一種，在短短的篇幅中即要表達出完整的一則故事或涵義。因此，事實上寫作小品文有時比散文更具有挑戰性，小品文除了要具備散文所具備的特色之外，更重要的是應該如何在簡短的一篇文章裡，讓讀者讀完之後，留下深刻的印象。也就是在短短的篇幅裡，要能有讓讀者驚豔的感覺，因此，小品文的寫作更見書寫者的功力。此外，小品文的用字也應該力求精準，因為篇幅短，描寫便需集中，敘述時不能有贅字贅語，開頭與結尾皆要能切入重點，才能讓文章一氣呵成。

　　小品文的形式與內容頗為自由，並沒有一定的限制，也因此可以很自由地發揮。小品文也是散文的一種，因此和散文一樣，內容可以涵蓋生活中各個層面，包括旅遊、親情、友情、愛情，生命中的所見、所聞、所感，皆可以是書寫的題材。但因為篇幅較短，所以所呈現出來的形象與作者的個人風格就應該更為鮮明，才能讓人在閱讀之後有深刻

的印象，甚至能讓人有眼睛為之一亮的感覺。因此，即便小品文的形式與內容都很自由，但作者可能必須要更精雕細琢，更用心地經營細節、結構，並注意內容題材的特殊性，讓人有小而美、短小而細緻的感覺。因為篇幅短，更應該集中重點描寫，不能有多餘的文字，以免讓文章的主題失焦，形成敗筆。

　　另外，幽默小品文也是在日常生活中，能讓人閱讀後放鬆心情的小文章，有時因為能帶來會心一笑，進而達到放鬆心情的效果。只要我們隨時隨地留意身邊有趣的人事物，將事情的經過隨手記錄下來，日久，定能收集豐富的相關資料，累積小品文的創作功力。

問題思考與單元習作

1. 您認為一篇散文應該具備什麼特色？
2. 請以「××之旅」寫一篇讓您印象深刻的旅遊散文，記錄下美好的回憶。

小品文
小品文可說是篇幅較短的散文，一般而言大約一千字以下，通常具有：
1. 在短短篇幅中，給讀者驚艷的感覺。
2. 題材廣泛而特別，風格鮮明。
3. 行文精簡集中，一氣呵成。
4. 令人意想不到或令人眼睛一亮的結尾。

小品文舉隅

張潮

《幽夢影》，清初的隨筆體格言小品文集，全文共二一九則。該書思想開闊，眼光獨到，能從平淡無奇中發掘細微之美。主要講述了修身養性、為人處世、風花雪月、山水園林、讀書論文、世態人情等方面。在寫作藝術與修辭手法上，則富於想像聯想，善用比喻與排比、對偶等技巧。

梁實秋

《雅舍小品》題材廣泛、生活化，在閒適平淡中透顯出人生哲理。例如〈鳥〉一文以對鳥的仔細觀察為題材，不僅借物抒懷，也將鳥的跳躍律動描繪得栩栩如生，是很成功的一篇小品文。

林語堂

《生活的藝術》一書提出他的中西文化生活之觀察。題材廣泛而生活化，特別涉及陶淵明閒適恬淡的田園生活，以及中國人如何品茗、觀山、養花、賞雪，呈現其閒適自在、智慧、幽默的人生態度。

第 **4** 章

詩詞概論

 章節體系架構 ▼

UNIT *4-1*　詩的特色

UNIT *4-2*　古典詩析論與舉隅

UNIT *4-3*　現代詩與歌詞創作

UNIT *4-4*　詞作析論與舉隅

詩的特色

詩是精練的語言，也像是一首無聲的音樂。在中國詩歌的源流中，早期的詩可以合樂。中國文字本身的聲調除了有表音功能，也具有表義功能，因此朗讀起來，在音韻之中便能顯現出韻律感，特別是有押韻的古詩，更能凸顯出文字本身的音樂性，所以說，詩是無聲的音樂。同時，詩也是文學中最精練的語言。

詩可分為古典詩與現代詩。古典詩有古詩十九首、漢代樂府詩、唐詩等。現代詩的起源則是從1919年五四新文學運動開始。嚴格說來，中國現代文學以1917年的文學革命為開端，從此，中國文學的發展歷史，進入了一個新的時期。20世紀末，中國知識分子深切感受到亡國的危機，努力探尋振興民族之路，他們大多受西方新思潮的影響，面對腐敗的社會現象，開始思索革新社會人民思想的重要性，於是掀起了「新文化運動」。到了1919年的五四運動，正式開啟了新文學運動的序幕。胡適（1891-1962）、陳獨秀（1879-1942）等人提倡白話文學，並開始用白話文寫詩、寫小說，於是有了現代文學的產生。「新文化運動」的主要代表人物除了胡適之外，尚有才華洋溢的天才型詩人徐志摩等人。胡適的〈文學改良芻議〉提出所謂的「八事」。「八事」是指：「需言之有物、不模仿古人、需講求文法、不作無病呻吟、去除濫調套語、不用典、不講對仗、避俗語俗字。」胡適認為：「應寫今日社會之情狀、要有高遠的理想、真摯的情感乃真文學。」另外，陳獨秀提出三大主義，主張：「抒情的國民文學、寫實文學、通俗的社會文學。」整體而言，文學的革新大致上可從三方面論述：「在內容方面，以社會生活中的平凡人形象，代替舊文學中常見的才子佳人形象。在觀念方面，則以反對封建體制，爭取個性解放等民主性主題為主，代替『文以載道』的各種陳腔濫調主題。在語言形式方面，努力擺除文言文及僵化的文學格式，大量吸收並運用外國文學形式和藝術表現手法，並且開始使用白話文創作。」現代詩便是在這樣的基礎上開出繁花。整體而言，現代詩可歸納出以下幾點特色：

一、精練的語言

現代詩可說是所有文體中最精練的語言，增一字則太多，減一字則太少。因此，在詩句中，可說字字珍貴，唐詩同時也是中國文字發揮到極致的藝術表現。

二、音樂性

詩的字句在朗誦時會透過音調而帶出音韻感及其本身所蘊涵的音樂性，在音韻的抑揚頓挫之際，詩就像一首無聲的音樂。詩與音樂具有密不可分的關係，詩歌、詩歌，早期的詩多能合樂，適合吟誦。

三、優美的文句

詩的文字除了精練之外，也要有優美的文句，而優美的文句來自字句鍛

鍊、字斟句酌，每個字都應該經過仔細思考、反覆斟酌、一改再改，直到最滿意、最適切爲止。唐代有名的詩人賈島有詩句「僧敲月下門」，「敲」字本爲「推」字。《唐詩紀事》卷四十記載賈島在作詩之時，反覆斟酌，究竟用「推」好或「敲」好。後來正好巧遇韓愈，便與韓愈討論詩句。韓愈曰：「敲字佳矣。」二人便一起討論詩作良久，最後，賈島將「推」改爲「敲」字。「敲」字帶出了聲音，與寧靜的月色及當下的氛圍，形成強烈的對比，更增添幾分生動與美感。後來，「推敲」便用以形容仔細思量、反覆考量事情的意思。這則故事提醒我們在寫作詩句時，務必找到一個最適切的字來表達，因爲詩本身的字數本來就不多，是故在簡短的字句中，隻字片語都顯得無比重要，獨一無二。因此，合宜的字句鍛鍊能在字斟句酌間成就出優美的文句，創作出細緻又傑出，具有藝術性質的詩作。

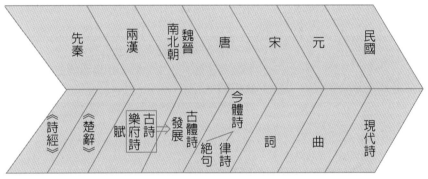

韻文流變

時代	韻文流變與代表作	內容
先秦	《詩經》	1. 北方文學的代表，中國最早的詩歌總集，韻文之祖。 2. 非一時一地一人之作，作者多不可考。 4. 三百十一篇，其中六篇有目無辭，今本三百零五篇，統稱詩三百。 5. 多爲四言，內容寫實。 6. 體製：風、雅、頌，風有十五國風，雅分大雅、小雅。頌是宗廟樂歌，有周、魯、商三頌。
先秦	《楚辭》	1. 中國南方文學的代表。 2. 以長短句的形式呈現，內容多了神話色彩，風格較爲浪漫，句中或句末常用「兮」字。 3. 表現手法、辭藻的豐富性、用韻（以南方口語爲主），都有進一步的發展。 4. 代表作品爲屈原所作〈離騷〉、〈九歌〉、〈九章〉、〈天問〉四篇。

圖解：文學概論

時代	韻文流變與代表作	內容
漢	古體詩： 「樂府詩」 〈古詩十九首〉 「建安詩歌」	(一)樂府 1. 漢武帝設「樂府」官署，採集民間歌謠，配上音樂，以便朝廷宴飲或祭祀時演唱。其後，「樂府」一詞逐由官署之義，演變而為詩歌的體裁。此種能配樂的詩歌，通稱為「樂府」。 3. 「樂府詩」承襲《詩經》的寫實風格，內容多能反映民情與社會生活樣貌。 4. 宋代以後的詞、散曲、戲曲，因為配樂，有時也稱為「樂府」。如東坡詞集稱為《東坡樂府》，張可久曲集為《小山樂府》。 (二)古詩 1. 〈古詩十九首〉約東漢後期之作。 2. 寫亂離生活，人生感慨，抒情深情生動，文字樸實自然。 3. 非一人一時之作。 (三)建安詩歌 1. 漢獻帝建安年間，世局動盪不安，詩的創作漸漸脫離實用功能而轉向抒發個人情志，形成建安詩風。 2. 建安詩歌代表人物有三曹：曹操、曹丕、曹植父子與建安七子：孔融、陳琳、王粲、徐幹、阮瑀、應瑒、劉楨。
魏晉南北朝	東晉詩風受老莊、佛教思想的影響。 田園詩	1. 代表人物有三張：張華、張載、張協。二陸：陸雲、陸機。兩潘：潘岳、潘尼。一左思。 2. 東晉有竹林七賢、陶淵明等詩人。 3. 竹林七賢詩風：多有道家之氣韻。 4. 陶淵明詩風：融佛、道於一爐，描寫田園生活以寄託心志。 5. 南北朝時期，佛經傳入中國，受佛經翻譯的影響，字的聲調慢慢受到注意，發展成「四聲八病」，影響唐代近體詩格律之形成。
唐	近體詩（絕句、律詩）	1. 唐代開始盛行，故稱唐詩。由於以唐為近，又稱近體詩，而唐之前則統稱古體詩。 2. 是中國詩歌的全盛時期。

時代	韻文流變與代表作	內容
		3. 唐詩興盛的原因有四：一、帝王的提倡。二、科舉考試的影響。三、創作範圍的擴大。四、詩歌本身的發展。 4. 講究格律： 　(1)句式：分五絕（四句二十字），七絕（四句二十八字），五律（八句四十字），七律（八句五十六字），排律（八句以上之偶數）。 　(2)用韻：偶數句必須押韻，第一句第五句可押可不押，不可換韻。 　(3)分平仄 　(4)律詩中間二聯須對仗。 5. 作者：多數為士大夫作品。
宋	詞	1. 承襲樂府遺風，受外來新樂影響，改變唐詩面貌所形成的一種新文體，稱「詩餘」、「倚聲」或「長短句」。 2. 現存最早的一本詞集是由五代時的趙崇祚所編的《花間集》。王國維說：「詞之為體，要眇宜修。能言詩之所不能言……。詩之境闊，詞之言長。」 3. 多抒情之作。李後主開始寫國仇家恨，擴大了詞的境界。北宋張先、柳永大量創作慢詞，字數眾多，使宋詞的發展邁向一個全新的階段，蘇軾更將歌者之詞變為文人之詞，使詞的體材有了文學的獨立生命力。 4. 依字數分：小令、中調、長調（慢詞）。需合樂，其字數、句數、平仄，皆依詞牌之限制，可換韻。 5. 一般有「詩莊詞媚」的說法。
元	曲（散曲、劇曲）	1. 金、元以來的新文體，又名「詞餘」、「樂府」。 2. 依據曲調填寫，同一曲牌有固定的字數、句數、平仄和用韻。曲的用韻與詞不同，曲韻只有平、上、去，而無入聲，不可轉韻，平仄可通押。 3. 文字比詞更淺顯易懂，內容也更通俗、平民化。 4. 當時部分文人仕途失意後，轉而創作民間戲曲，造成曲（雜劇）的興盛。元曲四大家：關漢卿、白樸、馬致遠、鄭光祖。

時代	韻文流變與代表作	內容
		5. 散曲無科、白，分小令、散套（套曲、套數）。劇曲有科、白，分雜劇（北曲）、傳奇（南曲）。 6. 作家經歷生活動亂後，對人生頗多感悟，創作出許多賦有深刻意涵的劇本，其中以感嘆世情，表達歸隱之作，最為深刻。
近代	現代詩（自由詩）	1. 起源：民國初年（1919年）五四運動，胡適、陳獨秀等人提倡白話文運動，使現代詩有了新的樣貌。 2. 不受格律限制，無字數與句數限制，不講求押韻。 3. 又稱「新詩」、「白話詩」、「自由詩」。

UNIT 4-2
古典詩析論與舉隅

中國的古典詩在唐代達到了創作巔峰。唐詩具有極精練的文字特色，豐富而優美的辭藻與意象。不論是五、七言絕句或律詩，都能以最簡短的文字，表達出優美而深邃的情感，其格律的限制更展現出唐代詩人高超的寫作技巧。特別是因為唐詩是在嚴謹的格律中創作而成的，在平仄、押韻與字數的限制下，能創作出來的詩句，除了具有一定程度的水準外，更能顯現出字斟句酌後的優美文句。舉例言之，李商隱〈夜雨寄北〉：「君問歸期未有期，巴山夜雨漲秋池。何當共剪西窗燭，卻話巴山夜雨時。」短短的二十八個字，裡面卻蘊涵了回覆問者的話語，以及含蓄而深厚的思念情誼，並且把自己寫詩當下所處的環境與情境都描摹出來，文情並茂，頗有「詩畫合一」之意境。同時，在想像與期盼相見的心緒中，也描繪出未來未知的某一天相見之情景，透過這樣深切的想像，彷彿安慰了此時此刻無法相見的倆人內心那分難以排解的思念與遺憾，可見唐詩表達出文字的極致與深切的美感。

漢代樂府詩

樂府本是官署的名稱，直到漢武帝派人至民間採集詩歌，樂府才正式成為詩的名稱。漢代樂府詩的特色是具有社會寫實性，詩歌的內容多能反映社會生活以及民間的生活樣貌。以〈上山採蘼蕪〉為例：「上山採蘼蕪，下山遇故夫。長跪問故夫：『新人復何如？』『新人雖言好，未若故人姝，顏色類相似，手爪不相如。』『新人從門入，故人從閣去。』『新人工織縑，故人工織素。織縑日一匹，織素五丈餘。將縑來比素，新人不如故。』」全詩運用對話方式來呈現整個事情的經過。在此過程中，似乎完全看不出女主角為何被休掉的原因，如果從古代「七出」的原因來論，女主角被休的原因或許是犯了「七出」中的其中「無子」此一項，因無法為丈夫傳宗接代，故而被休。所謂「七出」（又稱「七去」、「七棄」）、「三不去」，婚姻之法，始於周代，廢於民國初。七出是指古代休妻的法條，其中明文規定在下列七種情況下丈夫可以合理地休妻：一曰無子，這條必須等待女子七七天癸竭，而丈夫還沒有孩子，才可為之；二曰淫；三曰不順父母；四曰口多言；五曰盜竊；六曰妒忌；七曰惡疾。「三不去」則是指在下列情況下，於情於理，丈夫不應該把妻子休掉：第一是指當妻子被丈夫休了以後，她的父家沒有人可以養她，倘若把她休了，那麼她將會沒有棲身之地，難以生存下去；第二點是指妻子曾經跟著丈夫守三年的父母之喪，表示妻子有遵照孝禮為公婆守喪滿三年，恪盡孝道。第三是指妻子在嫁進丈夫家時，丈夫十分貧賤，而後在妻子的共同努力之下，越來越富貴，正所謂：「糟糠之妻，不可棄也。」在這種情況下，丈夫休妻則違背了做人的倫常。由此可見，古代女子並無社會地位，在婚姻裡完全處於被動的地位。

〈上山採蘼蕪〉這首詩在一定程度

上反映出漢代男尊女卑的社會現象，從中我們也可看出漢代的婚姻觀處於一種因為時代環境所造成的男女不平等的現象。古代由於社會結構以及文化背景等因素，生活型態多是男主外、女主內，女人在社會上並沒有謀生的機會，頂多僅能靠著做一些針線活過日子，在這樣的社會與文化背景下，女人無法獨自過活，而必須依附在男性的羽翼下過日子，因此才會產生「三從四德」這種社會價值觀。因為古代的女子僅能依附在男人身邊過日子，所以才會有「在家從父」、「出嫁從夫」、「夫死從子」的三從要求。這些價值理念在漢代樂府詩裡，皆可見端倪。

此外，在漢代樂府詩中，也可看出男女的愛情觀以及女性在愛情中，勇敢果決，溫柔婉約的一面。例如〈上邪〉一篇便充分展現出女子對愛情堅定不移的意志力與決心。〈上邪〉：「上邪！上邪！我欲與君相知，長命無絕衰。山無陵，江水為竭，冬雷震震，夏雨雪，天地合，乃敢與君絕！」女主角連用了五種不常見的大自然現象：山無陵、江水為竭、冬雷震震、夏雨雪、天地合，乃敢與君絕，來強化她對愛情堅貞不變的決心。這樣直白的情感表達方式，顛覆了我們對古代女子情感表達多為含蓄的刻板印象。在這首詩中，我們可看出漢代女性在社會上的地位雖然比男性卑微，但在愛情的世界裡，卻也勇敢表達她們對愛情的堅貞態度的果敢決心，並非一味地等待男子來表達心意。另外，在漢代樂府詩中，還有一首將女子的形象描寫得十分生動的詩，那就是〈日出東南隅〉（又名〈陌上桑〉）：「日出東南隅，照我秦氏樓。秦氏有好女，自言名羅敷。羅敷善

蠶桑，採桑城南隅。青絲為籠係，桂枝為籠鉤。頭上倭墮髻，耳中明月珠。緗綺為下裙，紫綺為上襦。行者見羅敷，下擔捋髭鬚；少年見羅敷，脫帽著帩頭。耕者忘其犁，鋤者忘其鋤。來歸相怨怒，但坐觀羅敷。使君從南來，五馬立踟躕。使君遣吏往，『問此誰家妹？』秦氏有好女，自名為羅敷。『羅敷年幾何？』『二十尚不足，十五頗有餘。』使君謝羅敷，『寧可共載不？』羅敷前置辭，『使君一何愚！使君自有婦，羅敷自有夫。東方千餘騎，夫婿居上頭。何用識夫婿，白馬從驪駒。青絲繫馬尾，黃金絡馬頭。腰中鹿盧劍，可值千萬餘。十五府小史，二十朝大夫。三十侍中郎，四十專城居。為人潔白皙，鬢鬢頗有鬚。盈盈公府步，冉冉府中趨。坐中數千人，皆言夫婿殊。」這首詩中，女主角秦羅敷面對使君的追求時，非常堅定而委婉地拒絕了太守的追求，在一來一往的對答中，在在顯示出秦羅敷的溫婉、智慧及以夫為榮的心境。從漢代樂府詩中可以看出，不管女人的社會地位如何，在愛情世界裡，一樣有勇於表達心意的權利。

唐詩的分期

分期	代表人物	詩風及特色
初唐（618～713）：唐詩的醞釀期	1. 初唐四傑：王勃、楊炯、盧照鄰、駱賓王。 2. 陳子昂。	1. 詩風：以齊、梁形式主義為主，宮體詩風。 2. 特色：辭藻華麗，內容空泛。 3. 陳子昂反對齊、梁詩風。主張： 　(1)取法建安風骨。 　(2)恢復漢魏古風。
盛唐（713～766）：唐詩的黃金期	1. 山水田園派——王維、孟浩然。 2. 邊塞派——高適、岑參、王昌齡。 3. 浪漫派——李白。 4. 社會派——杜甫。	1. 山水田園派：著力於歌詠自然山水、鄉村生活，恬靜質樸。 2. 邊塞派：寫塞外風光、驚人戰事及不凡人事，奔放雄偉。 3. 浪漫派：不限題材，不拘形式，流露詩才。 4. 社會派：反映社會生活與民間疾苦，尤其是安史之亂以來的戰禍。
中唐（766～836）：盛唐詩的延續期	1. 新樂府運動——白居易、元稹（並稱「元、白」）。 2. 奇險怪誕派——韓愈、孟郊、賈島、李賀。	1. 新樂府運動主張：補察時政、洩導人情，「文章合為時而著，詩歌合為事而作」。 2. 奇險怪誕派：用奇字，造怪句。詩風拗澀冷僻。
晚唐（836～906）：唐詩的衰落期	杜牧、李商隱、溫庭筠。	1. 多數的詩人以模仿前人為能事，藝術成就不高。 2. 特色： 　(1)講究技巧。 　(2)注重形式格律。 　(3)詩風秀麗纖巧。 　(4)內容多抒寫男女戀情，也有感慨國朝衰敗之作。

UNIT **4-3**
現代詩與歌詞創作

圖解：文學概論

如前所論，詩因為聲調及押韻等特質，本身即具有音樂性，可見詩與音樂具有密切之關係。現代詩與歌詞創作之間有何關聯性或異同呢？

現代詩有些是可以結合音樂而被傳唱的。例如多數人耳熟能詳的徐志摩〈再別康橋〉、〈偶然〉等詩，便被譜成曲而被傳唱。因為曲調很美，所以與歌詞結合起來，更能襯托出詩原來的意境與美感。然而值得注意的是，並非每首詩都能與音樂合拍，因此，歌詞的創作有時比純粹作詩的限制來得多，因為歌詞中每個字都必須與其背後的音符與韻律相配合。例如：徐志摩〈偶然〉一詩中的第一句是：「我是天空裡的一片雲」，「雲」字的聲調是第二聲，聲調上揚，因此，其相應的音符應該也是上揚的音調，否則唱起來就會有不順暢、不協調的感覺，進而影響聽覺上的和諧性。這可說是現代詩創作與歌詞創作時，最主要的差異之處。

此外，歌詞本身的意境必須能夠感動人，因為要打動人心，所以必須有故事性。因為有故事性，就必須考量故事情節的起伏，但礙於篇幅因素，它的故事性又不能像小說一樣百轉千迴、迂迴曲折，太過冗長。如何在極短的篇幅裡，呈現出一種完整的意象，正是歌詞創作所面臨的難度之一。

歌詞是文學的一部分，它同時兼具小說、散文、詩歌與音樂的特質。值得我們注意的是，歌詞的流行性與通俗性有時比小說、散文或詩來得更高，因為歌詞透過合樂而唱，故內容也較容易被廣為流傳，或在不知不覺中，讓人耳熟能詳。例如流行音樂大都能為一般人朗朗上口，達到迅速傳播之功效。

現代詩與歌詞

	現代詩	歌詞
特色	1. 又稱自由詩。 2. 無字數、句數、押韻限制。 3. 無合樂問題。 4. 重意境。 5. 形式不受拘束。 6. 題材多元。	1. 押韻可增強韻律。 2. 雖無字數限制，但通常不會太長。 3. 需合樂。 4. 字的聲調與曲調要能合拍。 5. 注重故事性。 6. 重流行、通俗性。 7. 多愛情或生活化題材。
寫作技巧	1. 明確的主題。 2. 多用比喻、擬物、擬人等修辭技巧。 3. 適度運用重複字句，增強效果或增加韻律感。 4. 可兼具說理與抒情。 5. 寓情於景、情景交融。 6. 字斟句酌。	1. 盡量口語化、生活化。 2. 為強化情感的鋪排，會有重複的字句出現，即所謂的副歌。 3. 感性重於說理。 4. 可先有詞再有曲，或先有曲再填詞。 5. 利用故事性，營造出畫面感。
代表人物及作品舉隅	1. 徐志摩：〈偶然〉、〈再別康橋〉。 2. 鄭愁予：〈賦別〉、〈生命〉。 3. 吳晟：〈店仔頭〉、〈負荷〉。	1. 林夕：〈陳奕迅——K歌之王〉、〈林憶蓮——至少還有你〉。 2. 方文山：〈周杰倫——青花瓷〉、〈周杰倫——雙截棍〉。 3. 李宗盛：〈李宗盛——鬼迷心竅〉、〈李宗盛——愛的代價〉。

UNIT 4-4
詞作析論與舉隅

圖解：文學概論

　　詞學的發展，到了宋代達到創作巔峰，其中部分原因是由於宋代的作家有意突破唐詩的創作模式，因此在創作形式上嘗試一些新挑戰、新突破。故開始從字式與句式作變化，創造出長短不一的詩句，因此，詞又稱為詩餘或長短句。談到「詞」此一文體，很難忽略南唐李後主——李煜（937-978）的詞作。其最有名的代表作有〈浪淘沙〉（又名〈簾外雨潺潺〉）：「簾外雨潺潺，春意闌珊。羅衾不耐五更寒。夢裡不知身是客，一晌貪歡。獨自莫憑闌，無限江山。別時容易見時難。流水落花春去也，天上人間。」這闋詞是李煜在亡國之後，從原本一國之尊的身分地位，頓時淪為階下囚，產生心境上的極大反差。「夢裡不知身是客，一晌貪歡。」呈現出夢裡回到過去美好日子裡，短暫地沉溺在歡愉之中，夢醒後才發現，一切都只是夢。眼前的遭遇與處境，對比夢中的美好時光，就像天上與人間那般，相差甚遠。最後幾句「獨自莫憑闌，無限江山。別時容易見時難。流水落花春去也，天上人間。」更增添對故國的深情懷念，一分再也無法回頭的悽婉之情，油然而生。

　　此外，談到宋詞，不容忽略的作家尚有蘇東坡（1037-1101）、秦觀（1049-1100）等人。蘇東坡是豪放派的代表人物，秦觀的詞則較偏向溫柔婉約的風格。蘇東坡的詞作較為人所熟悉的代表作有〈江城子〉：「十年生死兩茫茫，不思量，自難忘。千里孤墳，無處話悽涼。縱使相逢應不識，塵滿面，鬢

如霜。夜來幽夢忽還鄉，小軒窗，正梳妝。相顧無言，惟有淚千行。料得年年腸斷處，明月夜，短松岡。」〈江城子〉是詞調名。這闋詞是蘇東坡妻子過世十年後，有天夜裡，蘇東坡夢見亡妻，醒來後所作。詞作中呈現出一種悽然哀婉、情悽意切之心境，思念之情，躍然紙上。透過一種今昔的對比，將夫妻之間深厚的情誼表露無遺，也讓我們讀出作者想見妻子，卻已不得一見，連在夢境裡都猶恐不能認出彼此的悲嘆情懷。全詩意蘊深遠，情意動人，是蘇東坡少數如此深切觸動個人情感之佳作。對於一代詞人蘇東坡而言，其作品內容具有多樣化面貌。除了〈江城子〉此篇深情之作外，尚有豪放飄逸之作，例如〈定風波〉：「莫聽穿林打葉聲，何妨吟嘯且徐行，竹杖芒鞋輕勝馬，誰怕？一簑煙雨任平生。料峭春風吹酒醒，微冷。山頭斜照且相迎，回首向來蕭瑟處，歸去，也無風雨也無晴。」寫作這闋詞時，正是蘇東坡得罪當權者，被貶謫到黃州後的第三年。這闋詞展現出蘇東坡面對逆境時，所展現出來的風骨與心境。字句間展現出作者的瀟灑、自信，以及不畏外在艱困環境的豁達情懷。在逆境中，更能看出一個人的生命情調與人格特質。這樣的文學詞作，頗能給予後世讀者無限的鼓舞與精神指向。「莫聽」兩字，點出作者在面對外在的風風雨雨之際，只想忠於自己，盡其在我地過自己想過的生活。儘管時不我予，儘管世事多變、時人多有誤解，只想享受當

下，甘於平淡地過一種兩袖清風的日子，不為名利所累，只與清風作伴。或許人們會稱羨坐馬車那般榮華富貴的生活，但對於作者而言，手持竹杖、腳踩芒鞋的平凡之樂，勝過榮華富貴。如果以孟子所認為的君子之風，那麼便是一種「富貴不能淫、貧賤不能移、威武不能屈」的生命風格。「何妨吟嘯且徐行」則透露出作者將目前自己的心境完全融入外在逆境之中，一種「無入而不自得」的心境躍然紙上。讓我們看出外在環境與作者內在心境的和諧對比，呈現出作者個人的內在涵養，以及「境由心轉」的超脫人生觀。末句「回首向來蕭瑟處，歸去，也無風雨也無晴。」則展現出作者以一種平常心的態度來看待這場生命中的風雨，絲毫不被外在逆境所困住，看似描寫外在的風雨，實則以實際的風雨比喻所面對的逆境，將心境超脫於外境，整闋詞流露出灑脫自在的心境，如此高超的生命情調，甚是動人。

秦觀被稱為「婉約派」的代表人物之一。他最為人稱頌的作品有〈鵲橋仙〉：

纖雲弄巧，飛星傳恨，銀漢迢迢暗度。
金風玉露一相逢，便勝卻人間無數。
柔情似水，佳期如夢，忍顧鵲橋歸路。
兩情若是久長時，又豈在朝朝暮暮。

秦觀所寫的題材，雖是大家耳熟能詳的「牛郎」與「織女」的愛情故事。自古以來，以「牛郎」與「織女」的愛情故事為書寫題材的作品，不在少數，但多描寫男女主角因不得相見而產生的痛苦相思。例如《古詩十九首》中的〈迢迢牽牛星〉：「迢迢牽牛星，皎皎河漢女。纖纖擢素手，札札弄機杼。終日

不成章，泣涕零如雨。河漢清且淺，相去復幾許？盈盈一水間，脈脈不得語。」秦觀則不寫男女主角一年才相見一次的悲苦心境，反而從一個超越時空阻隔的角度來論述「重質不重量」的愛情，陳述與觀看愛情的角度，煞是動人！

另一位值得被注意的是北宋的柳永（約987-1053）。柳永擅長描寫個人情感與都會風光，以柳永的代表詞作〈雨霖霖〉為例「寒蟬悽切，對長亭晚，驟雨初歇。都門帳飲無緒，方留戀處，蘭舟催發。執手相看淚眼，竟無語凝噎。念去去千里煙波，暮靄沉沉楚天闊。多情自古傷離別，更那堪冷落清秋節。今宵酒醒何處？楊柳岸曉風殘月。此去經年，應是良辰好景虛設。便縱有千種風情，更與何人說？」柳永的這闋詞描繪出與佳人分別之際的離別情思，虛實對照，在描寫真實的離別情境與想像別後的點點滴滴之間，情感得到了延伸，更進一步看出作者的不捨之情與放不下佳人的癡心情意，情感的表達較直接，但在直白的陳述中，卻不會讓人感覺過於黏膩。此外，從「寒蟬悽切，對長亭晚，驟雨初歇。都門帳飲無緒，方留戀處，蘭舟催發。執手相看淚眼，竟無語凝噎。」前半闋將離別時的真實情境描繪得栩栩如生，到了下半闋，情感轉入一種想像的情境中，此去一別經年，不管沿途遇到了愉快或不愉快的事，所看到的風景有多美麗，對於作者而言，似乎都失去了意義。因為，再美好的風景，沒有佳人在身邊一同分享，都嫌遜色。整闋詞流露出深切的情思與濃濃的哀愁。柳永的詞作擅長白描，在其所處的時代，十分為時人所推崇。南宋葉夢得在《避暑錄話》談到：「凡有井水飲處，皆能歌柳

詞。」便可看出柳永的作品在他所處的時代，廣為流行之程度。也是從柳永開始，擴大了詞的寫作題材，詞作開始在民間廣泛流傳，對宋詞的發展具有一定的貢獻。

問題思考與單元習作

1. 請問您印象最深刻的古典詩是？試賞析其創作特色。
2. 請您自選一首最喜愛的流行歌曲（長度不限），並改寫其內容。

圖解：文學概論

詞的派別

派別	代表人物及作品	詞風及特色
婉約派	1. 李煜：《浪淘沙》。 2. 晏殊：《珠玉詞》。 3. 歐陽修：《六一詞》。 4. 秦觀：《淮海詞》。	1. 李煜或稱李後主，為南唐的末代君主，被譽為詞聖。前期詞多溫軟綺麗，晚期寫家國之恨，情致悲壯。王國維：「詞至李後主而眼界始大，感慨遂深，遂變伶工之詞而為士大夫之詞。」 2. 晏殊詞多優遊之作。內容多敘寫流連詩酒、歌舞昇平的生活，部分寫離愁別恨。 3. 歐陽修詞真切自然，形象鮮明，風格清麗婉約，如〈蝶戀花·庭院深深深幾許〉。部分作品描繪自然景物和生活感受，題材廣泛。 4. 秦觀詞情感真摯，秀麗婉約，如〈鵲橋仙〉，視角特殊，具個人風格。
綺麗派	柳永：《樂章集》。	1. 多反映都會生活。 2. 富音樂性。 3. 大量寫慢詞長調。善鋪敘，層次分明，情景交融。 4. 語言通俗、生動，可說「凡有井水處，皆能歌柳詞」。部分作品呈現消極頹廢與玩世不恭的生命情調。 5. 代表作〈雨霖鈴〉：描述秋天傍晚江頭的景色及和愛人惜別時的心情。

派別	代表人物及作品	詞風及特色
豪放派	蘇軾：《東坡樂府》。 辛棄疾：《稼軒長短句》。	1. 蘇軾擴大詞的題材，提高詞的意境。凡懷古、感舊、記遊、說理等，都能入詞，可謂「無意不可入，無事不可言」。不注重修飾和音律，不受形式束縛，筆隨意至。情感豪邁奔放，胸懷坦蕩，聯想力豐富。 2. 辛詞多愛國傷時及復國之作，充滿濟世愛國的熱情，洋溢報效國家的思想。也有田園山水、農村生活及描寫愛情等內容的詞作。風格多樣化，慷慨豪壯之餘，亦有纏綿細緻、自然閒淡。
格律派	周邦彥：《清真詞》（又名《片玉詞》）。	1. 致力於審音調律。 2. 寫作大量艷詞及詠物詞，辭藻華麗，善於用典，為南宋後期詠物詞開先路。
婉約、豪放兼具	李清照：《漱玉詞》。	不管是構思、用字遣詞多具有獨創性，語言白話卻情韻有致，重音律，美聲調。

第 5 章

戲劇概論

章節體系架構 ▼

UNIT 5-1　　戲劇概說

UNIT 5-2　　古典戲劇賞析與舉隅

UNIT 5-3　　現代戲劇賞析與舉隅

UNIT 5-4　　戲劇展演概述

UNIT 5-1
戲劇概說

戲劇是一門綜合藝術，戲劇的內容可包含音樂、文學、表演、繪畫、舞蹈、武術等各種形式的藝術之綜合呈現，因此可視為一門綜合藝術。值得一提的是，這幾種不同的藝術同時出現在戲劇中，必須有一種協調感，因此具有一定的難度，這點考驗著戲劇家多元而豐富的藝術創作天分。藝術本就與生活密不可分，以原住民部落為例，早期原住民有的以狩獵為生，在出門打獵前，勇士們必須先聚在一起敬拜祖靈、敬拜天地，祈求豐收並且平安歸來。在敬拜過程中即會以歌唱（含歌詞與歌曲）、舞蹈與肢體動作等來進行敬拜活動，在這過程中，即自然呈現出一種綜合藝術的展現。後來因應時代的變化，包括豐年祭等慶典活動，也慢慢接受非原住民人士的參與，甚至有些傳統原住民活動，漸漸變成一種演出型態，而成為一門獨特的綜合藝術，代表臺灣原住民的風土民情與民族特色。

作為一門綜合藝術而言，協調性是必須考量的首要因素。要使各領域的藝術相互協調，進而產生和諧的美感，最重要的是不管對話、舞蹈、動作或音樂等，每一樣都應該要有共通的之處，如此才能營造出一致的和諧性，並產生協調的藝術之美。

一般而言，戲劇可分為喜劇與悲劇。茲分別介紹如下：

一、喜劇

喜劇是指戲劇的表現方式是以一種喜樂、幽默的方式進行，結局也多令人莞爾一笑。然而喜劇也能是深刻的，好的劇作家會在劇本中加入一些人生哲理，使人在大笑後，亦能體會一些人生的意義。

喜劇又可分為人物喜劇、氛圍喜劇、社會喜劇等。

(一) 人物喜劇

人物喜劇是指主角或配角本身便具備喜感特質，觀眾只要看到這個人物的一言一行便忍不住捧腹大笑。這樣的人物是十分討喜的，而通常一齣戲劇，經常因為生動的人物而使整齣戲劇增添許多喜色。這樣的喜劇模式稱為「人物喜劇」，例如《西遊記》中的豬八戒在某種角度上，是屬於喜劇人物。藉由喜劇人物的塑造，讓整個故事中的許多情節充滿喜感。

(二) 氛圍喜劇

「氛圍喜劇」是指一齣戲劇因為整體情境、配樂或人物等元素，呈現出一種喜劇的氛圍，使整齣戲劇洋溢著一股濃濃的歡樂氣氛。例如：韓國電視劇《順風婦產科》每場戲，不管主題為何，整齣戲都充滿了喜感。

(三) 社會喜劇

「社會喜劇」是指以喜劇方式呈現出社會價值觀及行為標準。有時也以社會議題作為發揮題材，用一種詼諧幽默或諷刺手法呈現，內容多能反映社會時事與動態。

二、悲劇

悲劇本身具有某種內涵與深度，大都能反映出生命中許多沉重的議題，如生死、成敗等，透過對沉重問題的呈現，啟發人們重新思考生活價值與生命意義。有些沉重的議題或許會以喜劇方式呈現，呈現一種黑色幽默的表現手法。大體上而言，悲劇常能觸動人心，發人省思，而黑色幽默式的喜劇則常讓人笑中帶淚，回味無窮。以中國古典戲劇《竇娥冤》為例，整齣戲呈現出竇娥冤屈與至死仍秉持的節義精神，不僅能發人深省，也能激發人們的氣節。

戲劇

演員　舞臺　道具　音效　服裝　化妝　劇本　導演

喜劇
人物喜劇　氛圍喜劇　社會喜劇

悲劇
沉重議題　時代境遇　離別　節義精神

戲劇概說

UNIT 5-2
古典戲劇賞析與舉隅

中國古典戲劇起源得很早，但到了宋、元才有較好的發展，特別是從元代開始，戲劇有了較成熟的發展，明代更達到了巔峰。茲依朝代順序介紹如下：

一、元代劇作家

元代雜劇有四大家，以關漢卿、王實甫、白樸、馬致遠為代表，這四位代表人物的作品各有特色。關漢卿的作品通俗而富有想像力，《竇娥冤》這齣感天動地的作品為其代表作。整齣戲充滿了戲劇張力，故事內容也十分感人。全劇共分四折及一楔子。敘述一位女子——竇端雲因父親無錢還債，所以從小便被送到蔡家當童養媳，而後更名為竇娥。第一折主要敘述結婚不到兩年的竇娥，丈夫便去世了，爾後，竇娥與蔡婆相依為命。蔡婆向賽盧醫討債不成，反而差點被勒死，正好被張驢兒父子所救，不料張驢兒是個流氓，他趁人之危搬進蔡家後，逼蔡婆和竇娥必須與他們父子成親，被竇娥嚴厲拒絕。第二折敘述蔡婆想吃羊肚湯，張驢兒便尋思藉此機會毒死蔡婆並霸占竇娥，不料反而被自己的父親誤吃，意外中毒而亡。張驢兒於是誣告竇娥殺害他的父親，試圖嫁禍給竇娥，為自己脫罪。在太守嚴刑逼供下，竇娥因不忍心讓婆婆連同受罪，於是含冤招認，被判斬刑。第三折主要敘述竇娥臨刑前，為表明自己受冤屈，便手指著天發誓，死後將血濺白練、血不沾地、六月飛霜（降雪）三尺掩其屍、楚州大旱三年，最後竟一一應

驗。第四折敘述竇娥被斬三年後，不僅冤魂不散，且向已擔任廉訪使的父親控訴，故使案情得以重審，終將賽盧醫發配充軍、昏官桃杌革職，永不錄用，張驢兒斬首，竇娥的冤情才得以洗清。最後，竇娥的冤魂希望父親能將親家蔡婆接到家中居住，代替竇娥盡孝道，竇娥的父親答應，全劇結束。全劇透過竇娥此一角色，充分顯現出中國人重視孝道與道義的精神，也顯示出不管過了多久的時間，天理終將昭彰的價值理念。

關漢卿的作品大多反映出社會百態，有一部分的作品取材自歷史故事。他的作品用語淺白通俗，劇情張力十足，被喻為「中國的莎士比亞」。另一位劇作家王實甫最有名的代表作是《西廂記》。在《西廂記》雜劇產生以前，有不同形式的作品敘述崔鶯鶯和張君瑞之間的愛情故事，例如唐代元稹（779-831）便以傳奇的形式，寫了《會真記》（在唐人小說中又稱《鶯鶯傳》）。王實甫的《西廂記》，每本有四折（「折」，相當於現代戲劇裡的「幕」）、分科（在元雜劇裡指表情和動作）、旦（正旦，指女主角）、淨、末（正末，指男主角，相當於明代以後戲劇裡的「生」）、丑等角色，另外在四折之外，在第一折前再加上「楔子」。「楔子」是指在四折之外再加上的小場子，只唱隻曲，不唱套曲，其作用是介紹情節、人物，加緊折與折之間的連繫性，類似話劇序幕裡的「過場」。[2]在每本的末尾有把內容用

2 參見王實甫：《西廂記》（臺北：華正書局有限公司，1991年），頁2。

兩句或四句對子總結的詩句，末句作為全本劇名，稱為「題目正名」，辭藻華麗，多反映出貴族男女間的愛情故事與生活樣貌。

馬致遠有名的代表作是〈天淨沙〉。內容是：「枯藤、老樹、昏鴉。小橋、流水、人家。古道、西風、瘦馬。夕陽西下，斷腸人在天涯。」這闋詞的特色是連用多個名詞，但在名詞的積累下，自然而然地營造出一種畫面感，直到結尾，情感才整個鋪排開來，達到情景交融的藝術境界。

二、明代劇作家

明代劇作家的代表人物之一是湯顯祖。湯顯祖最有名的作品是《牡丹亭》，不論是人物刻畫或故事內容的鋪排、詞曲安排等，都可看出他的用心與精心鋪設、安排。《牡丹亭》又名《還魂記》，是中國很有名的一齣戲劇，敘述女主角杜麗娘年紀正值少女懷春時期，有天，杜麗娘到自家後花園遊園散心，因為累了而坐在涼亭下小憩片刻，卻做了一場春夢，夢中見到一位美男子名為柳夢梅，兩人在夢裡恩愛纏綿，夢醒後的杜麗娘始終忘不了翩翩美男子柳夢梅，終因過度相思而病故，生前畫下自畫像，並告訴丫環她的夢境與心事。有一天，柳夢梅赴京考上科舉考試，無意中見到杜麗娘的畫像，而憶起自己過去曾作過的一場夢，以及夢中兩人相愛的情景，因而四處打探，找到任南安府太守的杜麗娘之父杜寶，柳夢梅告訴杜寶關於夢境一事，杜寶斥為無稽之談，並認為柳夢梅是個騙子，而將他打入大牢。事後幾經調查後，得知柳夢梅並非等閒之輩，乃是新科狀元，於是重新調查該案，因而相信了柳夢梅的話。故事的最後，杜麗娘還魂與柳夢梅

兩人有情人終成眷屬。這個愛情故事的主旨，除了反映明代社會仍受封建思想深切的影響之外，作者主要也想表達出「情」能超越生死的想法，一種即便是穿越時空仍要回來愛對方的執著情意，相當程度展現出明代重視「情」慾之抒發的社會風氣。

明代還有一位才子，那就是屠隆（1543-1605）。屠隆，字長卿，又字緯真，號赤水，晚號鴻苞居士，浙江鄞縣人。他生於明世宗嘉靖二十一年，卒於明神宗萬曆三十四年，得年六十四歲。屠隆頗有文學才華，據說他每次下筆，立刻就能寫出上千字的文章，有「詩文率不經意，一揮數紙。」的才思。萬曆五年，屠隆考取進士，頗有才思，根據《明史》記載，屠隆的著作有《鴻苞集》、《考槃餘事》，《遊具箋》、《由拳》、《白榆》、《香箋》等。屠隆與湯顯祖雖同是明代的劇作家，但相較之下，湯顯祖的名聲遠播，而屠隆則鮮少為人提及。萬曆年間，屠隆的幾部傳奇，如《曇花記》、《修文記》、《彩毫記》，都曾流行於當世，屠隆不但會寫戲，還會演戲，有時甚至還會粉墨登場，累積了豐富的舞臺經驗，堪稱是個多才多藝的文學家、劇作家、演員。

三、清代劇作家

清代有名的劇作家代表人物有李漁（1611-1679）、孔尚任（1648-1718）、洪昇（1645-1704）等人。李漁是清一代有名的戲曲理論家、戲劇作家，字笠鴻、謫凡，號笠翁，浙江蘭溪人。李漁的作品有傳奇《比目魚》、《風箏誤》等，小說則有《十二樓》與《閒情偶寄》。《閒情偶寄》是李漁重要的代表作之一，內容包含戲曲

理論及飲食等議題，被稱爲古代生活藝術大全。其中〈飲饌部〉講述飲食之道，主張在儉約中求飲食精美，在平淡處得生活雅趣，有所謂的飲食二十四字訣：「重蔬食，崇儉約，尚眞味，主清淡，忌油膩，講潔美，愼殺生，求食益。」充分表現出中國傳統文化中對飲食藝術的追求。《閒情偶寄》文字清新自然，文句耐人尋味，可謂開現代生活美文之先河，並且提高了中國人的生活品味，營造出一種平凡之美。李漁屬於天才型劇作家，據說在他在四、五歲時，就能寫作文章，才華洋溢，但他終身不願當官，由此可看出他是個擁有才情但又個性鮮明的藝術家。李漁的作品雅俗共賞，時有新意，頗具創造力。

　　另一位劇作家是孔尙任。孔尙任，字聘之，又字季重，號東塘，又號岸堂，一號雲亭山人，山東曲阜人，是孔子的後代，他最有名的代表作是《桃花扇》。孔尙任與著有《長生殿》的洪昇齊名，世稱「南洪北孔」。洪昇，字昉思，號稗畦、稗村，別號南屛樵者，浙江錢塘（今杭州）人，是清代著名的戲曲作家，他與孔尙任都精通音律，也重視故事結構及實際上臺演出，二人都屬於全方位劇作家。

　　從上述所提及的明清兩代劇作家，能創作劇本，也能粉墨登場演出者，爲數不少。通常這樣具有創造力的劇作家，其腦海中經常上演一齣又一齣的戲，有時連人物角色的扮相等，都已有了腹稿。劇本的創作與演出藝術的呈現，一氣呵成，不管對創作或演出而言，都能相互輝映。

圖解：文學概論

元明清劇作名家

元代劇作家				
作家	關漢卿	王實甫	白樸	馬致遠
代表作品	《竇娥冤》女子竇端雲含冤受斬，臨刑前為表明自己受冤屈，便指著天發出死後將六月飛霜（降雪）三尺掩其屍、楚州大旱三年等誓言，後一一應驗。竇娥被斬三年後，向已擔任廉訪使的父親控訴，冤情才得以洗清。表達對社會不公義的批判，對不白冤屈的勇敢抗爭。	《西廂記》據唐代元稹的傳奇《鶯鶯傳》所編作。寫崔鶯鶯和男子張生的愛情多次遭到老夫人的阻撓，從而揭露了封建禮教對青年婚姻自由的摧殘，藉圓滿的結局表達了對愛情的歌頌，創造了鶯鶯、張生、紅娘等角色典型。	《梧桐雨》取材自唐人白居易《長恨歌》和陳鴻《長恨歌傳》，原稱《唐明皇秋夜梧桐雨》。緊密結合唐明皇（玄宗）李隆基和妃子楊玉環和重大歷史事件，由兩人的愛情傳說鋪陳唐王朝經歷安史之亂，國勢由盛轉衰的過程，極富感人詩意。	《漢宮秋》有元劇之冠的雅譽。描寫漢元帝時王嬙（昭君）和番的故事，創作了元帝和王嬙間的深情、毛延壽投敵獻策、王嬙投江等情節，加強悲劇效果。曲詞優美，其中第三折的《梅花酒》、《收江南》尤為著名。

明代劇作家		
作家	湯顯祖	屠隆
代表作品	《牡丹亭》 又名《還魂記》。敘述女主角杜麗娘年紀正值少女懷春時期，有天到自家後花園遊園散心，坐在涼亭下小憩，卻做了一場春夢，夢中見到一位美男子名為柳夢梅，兩人在夢裡恩愛纏綿，夢醒後的杜麗娘因過度相思柳夢梅而病故。某日柳夢梅赴京考上科學考試，無意中見到杜麗娘的畫像，逐尋杜麗娘之父杜寶，其父認為柳夢梅是個騙子，將他打入大牢，得知柳夢梅乃是新科狀元後重新調查該案。最後，杜麗娘還魂，與柳夢梅有情人終成眷屬。	《曇花記》 木清泰夫妻求道得道過程，其間所呈顯的仙佛義理與修煉歷程，自喻作者的宗教信仰與生命觀。 《彩毫記》 全劇描寫李白一生的官場遭遇及最後悟道成仙之事。 《修文記》 以現實人物直接入戲，呈現屠隆的官場經歷、子女遭遇與修道歷程，乃是接近紀實的自傳作品，迥異於其他劇作家託言舒志的手法。

清代劇作家		
作家	李漁	洪昇	孔尚任
代表作品	李漁素有「中國戲劇理論始祖」、「東方莎士比亞」等美譽。著有《奈何天》、《比目魚》、《蜃中樓》、《美人香》、《風箏誤》、《慎鸞交》、《凰求鳳》、《巧團圓》、《意中緣》、《玉搔頭》等劇稱《笠翁十種曲》。	《長生殿》 取材自《長恨歌》、《長恨歌傳》和元代劇作家白樸的《梧桐雨》。寫唐玄宗與楊玉環的愛情故事，兩人於七夕之夜在長生殿對著牛郎織女星密誓永不分離，楊玉環自縊後，唐玄宗回到長安，日夜思念最終感動了織女，終於在月宮中團圓。	《桃花扇》 侯方域定情秦淮歌妓李香君，李香君為侯方域得罪阮大鍼，阮始終懷恨在心，便趁機陷害侯方域，並強迫李香君嫁給其黨羽，香君撞頭欲自盡未遂，血濺定情詩扇。侯方域友人將扇上血跡畫成一株折枝桃花。南明滅亡，李與侯兩人相繼出家。

UNIT 5-3
現代戲劇賞析與舉隅

臺灣的現代戲劇早期以傳統歌仔戲、布袋戲為主。1984年，賴聲川（1954－）創辦「表演工作坊」，當時由「表演工作坊」推出的《暗戀桃花源》不僅在國內引起廣大的回響，甚至曾至美國、中國大陸等地巡迴演出，風靡一時。近年來，臺灣本土小劇團陸續成立，表演場域並不設限在正式的表演廳，有時也在露天劇場，甚或是在小咖啡館裡演出，因為不拘形式及演出地點，也間接造成臺灣當代戲劇藝術越來越蓬勃發展。

談及中國戲劇家，以戲劇家曹禺的作品為例，其所撰寫的劇本有《雷雨》、《日出》與《北京人》等，內容記錄了舊社會人們所遭受的苦難，以及在苦難中所展現出來的人性光輝。在劇本的一開始，曹禺先將登場人物羅列出來，方便讀者在一開始便能掌握主要人物及其性格特色，另外也標示出時間與地點，接著展開一幕幕的敘述。在每一幕的開頭，作者都先概要地敘述故事發生的場景，以及將人物的主要外形約略描繪，然後直接進入人物對話來呈現故事情節的發展。曹禺在他的《雷雨》一書的後記中也明白地述及：「《雷雨》是我的第一聲呻吟，或許是一聲呼喊。在《日出》中，我想求得一線希望，一線光明。我深切地感到，這個社會沒有陽光，需要陽光；嚮往著『日出東來，滿天的大紅……』，但是，哪裡是太陽？太陽又怎樣出來？我不得而知。」[3]這段話很明確地表露其創作理念。同時也讓我們看到，戲劇所能表現的內在涵義可以很生活化，也可以很深層地反映人生之本質、美善與苦痛。戲劇是一門動態藝術，其本身可能比純文學更能有效地吸引社會大眾，透過戲劇，也能帶出文學所要呈現的精神哲思，刺激觀眾思考自身存在的問題。

---

[3] 曹禺《雷雨》（臺北：遠東圖書公司，1993），頁145。

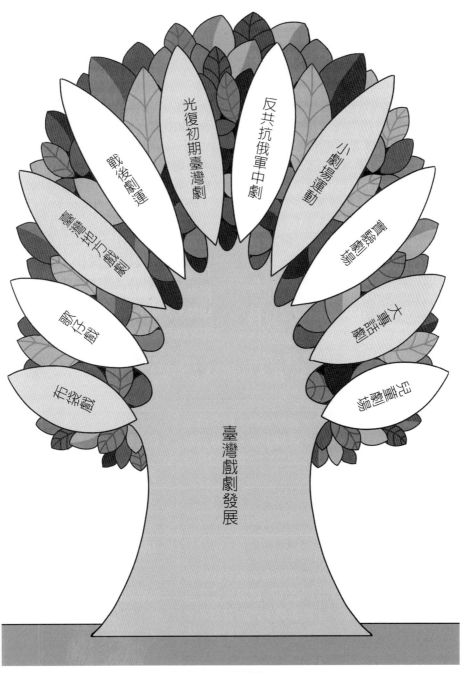

臺灣現代戲劇發展

UNIT 5-4
戲劇展演概述

圖解：文學概論

現今社會重視個人成果之展現，人人皆可透過影片、戲劇表演、演說等方式展現自我或團隊的創新成果與想法。其中也可透過戲劇展演的方式來呈現所思所感，將文學、音樂與劇場充分結合，呈現出創新而多元的藝術效果。

前述已提及，戲劇具有某種敘述故事的特殊張力，也是一門綜合藝術。它的內涵包括音樂、文學、繪畫、舞蹈等，是一個多元藝術的綜合體，這幾種藝術與戲劇展演結合，充分呈現出一種多元而和諧的美感。透過戲劇展演的方式，可以將原本較靜態的藝術，動態地呈現，使故事內容與情感的傳達更加直接，創造出觀賞時的視覺與聽覺的豐富感，讓觀眾印象深刻。

透過戲劇展演，可以使文學作品更加形象化、具體化，將依靠文字為媒介的文學作品以動態而多元的型態呈現，使文學作品的表現方式更加通俗化，更能為一般人所接受。而透過影音剪輯與文字的結合，也能讓文學的傳播更活潑而多元。例如：當我們跟學生介紹漢代樂府詩〈上山採蘼蕪〉時，除了講解內文之外，亦可請學生上臺透過戲劇展演的方式，不僅能創造出學習時的趣味性，同時也能加深學生的印象。詩的內文是：「上山採蘼蕪，下山逢故夫。長跪問故夫：『新人復何如？』『新人雖言好，未若故人妹，顏色類相似，手爪不相如。』『新人從門入，故人從閣去。』『新人工織縑，故人工織素。織縑日一疋，織素五丈餘。將縑來比素，新人不如故。』」詩中女主角被丈夫休掉後，上山採蘼蕪，下山時巧遇丈夫，兩人有一段精采而生動的對話。短短的一首五言詩，因為以對話的方式呈現，而使得整首詩活潑生動、趣味盎然。這樣的文學作品十分適合以戲劇展演的方式來呈現，以加深學習者的印象。

問題思考與單元習作

1. 請問文學與戲劇的關係如何？
2. 請問您印象最深刻的古典戲劇是？談談您對古典戲劇的認識。
3. 您認為〈上山採蘼蕪〉一詩的男女主角的性格特色，各是如何？

通俗化
生動化
文學作品

意趣盎然

豐富觀感

動態多元

戲劇展演

布置

文學

音樂

聲音

肢體動作

影片

繪畫

舞蹈

戲劇展演概述

第 **6** 章

文學與創作

●●●●●●●●●●●●●●●●●●●●●● 章節體系架構

UNIT 6-1 　創作與生活

UNIT 6-2 　創作與靈感

UNIT 6-3 　小說創作

UNIT 6-4 　散文創作

UNIT 6-5 　詩的創作

UNIT 6-6 　劇本創作

UNIT 6-1
創作與生活

圖解：文學概論

每個人都有與生俱來的創造力，只不過專長各有不同。有的人擅長寫作，有人擅長彈鋼琴，有人擅長畫畫。每個人都擁有寫作文章的能力，至於文章寫得好不好，則涉及天分、練習、個人的想像力是否豐富，以及生活經驗等內外在因素。人的感知能力是與外在環境互相連繫的，因此一個人的生活經歷是否豐富、多樣，的確會影響他對生活的體悟以及對身邊人事物的感受力。一個創作者一定要具備良好的觀察力，他對於所處的外在環境需具有敏銳的感知力，這些特質會在日常生活中潛移默化，使他的內在特質與外在環境相互激盪，幾經沉澱，最後化成個人的生命養分，進而透過想像力的運作，化成動人的文字，呈現出文字創作的藝術美感。

多數作家都是經由到處旅行來累積生活經驗，並在旅行中觸發創作靈感。有些作者則是經由閱讀來累積生活經驗；有些人則需透過實地行旅，藉由外在新事物的刺激來創發靈感。旅行的確能為我們的生活帶來許多新的刺激，以歐美國家為例，有些青少年在進入大學念書的前一年會先休學一段時間，藉由四處旅行來開拓自己的視野、累積生活經歷，確立自己的學習興趣，有人將這段時間稱為「壯遊」。但這樣的「壯遊」經驗，經常受到時空與經濟等因素限制，並非人人都能做到。透過閱讀則能無遠弗屆地吸收新的刺激，只要時間允許，一張方桌、一個小小的角落，便能將我們帶到想像的國度，如同擁有魔法般地進行一場魔幻旅行。

文學創作有時需要仰賴豐富的想像力，想像力能超越實際環境的客觀限制，將讀者帶離現實，馳騁在不設限的時空中，暫時忘卻現實生活裡的種種禁錮與壓力，獲得身心靈的釋放。朱光潛先生曾將想像力分成兩類：一類是「創造的想像」。「創造的想像」是指根據理智、情感、潛意識所具有的意象加以剪裁、組合，綜合出一種新的形式。另一種是「再現的想像」。「再現的想像」是指透過回憶過往的點點滴滴，產生一種對舊事物或舊記憶的新想像。由此可見，想像力與個人的生命經驗、個性、性情等息息相關。一個具有豐富想像力的人，除了天生即具備良好的想像力之外，其個人對於外在環境的觀察力、敏銳度等都將影響他的想像力之創發。在文學創作過程中，倘若能放開思路，馳騁於想像的國度，日久終能有靈動的巧思。

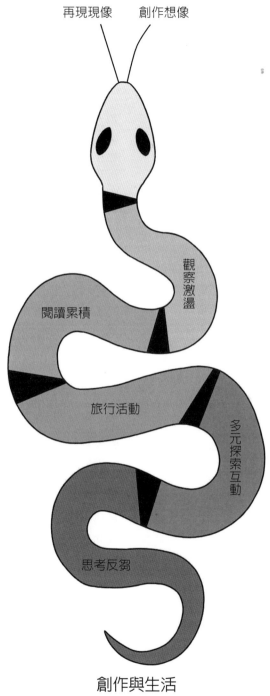

再現現像　　創作想像

觀察激盪

閱讀累積

旅行活動

多元探索互動

思考反芻

創作與生活

UNIT 6-2
創作與靈感

一般而言，作者在創作過程中，會經歷幾個階段性的心理變化。首先，當一個人透過五官接觸外在環境時，其內心多少會觸發出某種感覺或想法，姑且可稱之為「靈感的觸發」。靈感被觸發後，會先存留在內心一段時間，此一時期可視為「醞釀期」。最後，當醞釀出某種思想、感情後，達到不吐不快的境地時，便會自然而然進入「創作期」。至於創作過程所需時間之長短，因人而異，而當創作完成時，尚需有一段「修改期」，經由不斷地修改，直到作者自認為滿意為止，才會將創作成果呈現出來。

一、靈感的觸發

作者在面對個人的人生經歷所產生的內心變化，或與外在事物互動過程中的靈感觸發，都有可能在第一時間在創作者內心埋下創作的種子，等待時機成熟時，便自然而然能下筆為文，成為作品。

二、醞釀期

如前所述，作者的靈感經由外在事物或內心情感的觸發後，尚需一段時間的醞釀，在心裡對於下題、內容，以及情節的安排、鋪陳、敘述、結尾等反覆思索出一個雛型，待累積到一定能量時，自能下筆為文，倘若書寫順利的話，便可一氣呵成。在醞釀過程中，有時當然也會遭遇靈感枯竭或思路受阻的時刻，此時或可稍做停筆，進行其他活動，例如：閱讀、散步、打球等休閒活動，藉由其他活動使心境轉移，稍微放鬆身心，只要有耐心，經過一段時間的沉澱後，自然能熬到「山窮水盡疑無路，柳暗花明又一村」的轉圜境地。待內心的感動醞釀成熟時，自能下筆為文，水到渠成。

三、創作進行期

每個人的創作習性不盡然相同，有的人一旦下筆便停不了，一氣呵成地完成作品，有的人卻需要較長時間的思索，邊寫邊想，再加上不斷地反覆修改，最後才能完成一篇作品。在創作進行的過程中，每個作家需要的時間各有不同，有的人需要全神貫注，極有計畫地，一天工作十二小時進行創作；有的人可能享受在創作中，將創作當成一種遊戲，在極輕鬆的狀態下進行創作。也有些人在創作的過程中，因為壓力過大，各有不同的紓壓方法。無論如何，最終都要能促成作品的產生。因此，不論創作進行時遭遇到什麼困難，都應該尋找最適合自己的方式來克服困難，以便順利進行並完作創作。

四、創作成果展現期

當作品完成的那一刻，也就是創作成果展現的時刻。每個人對於自己的作品要求程度各有不同，有的人在作品完成後，必先讓作品沉澱一段時間，甚至幾經修改後，才會將創作成果呈現出來。但也有人一旦完成後，便算全面完

成了，一氣呵成、一字不差。後者大部
分是屬於天才型創作者。待作品完成

時，即可將作品付諸鉛印或放到網路
上，與人共享。

創作與靈感

靈感觸發	醞釀期	創作進行期	成果展現期
透過感官與外在環境人事物有所接觸時，因而觸發靈感，進而將所思化為文字。	當感官與外在環境有所交流、互動，心中有所感動，這些點滴感受先在心中醞釀，漸漸成形。	一旦有了創作靈感，就應把握創作機會，盡量將所思所感透過呈現出來，事後再進行修改。	將靈感化為成果，完成令人滿意的作品。
靈感的土壤			
1.「靈感」有如魔法師，點亮文學創作者的筆，賦予作品巧思。 2.「福至心靈」是可遇不可求的，應把握時機，將想法與感動化成文字。 3. 多元閱讀，多旅行，多接觸新的人事物，有助於「靈感」誕生。 4.「靈感」是無形的，難以捉摸，若一味地等待「靈感」的產生，可能影響創作速度。可透過多方收集材料，累積創作能量。			

UNIT 6-3
小說創作

圖解：文學概論

文學既是一門藝術，那麼在創作時自無定則。有時在不設限的狀態下，放開思路，任由想像力馳騁，天馬行空地進行創作，最後再進行修改，或許反而能產生佳作。有的創作者本身因為具有豐富的想像力，因此在創作時便能天馬行空、一氣呵成，很快便完成創作。小說的創作亦復如此，大多數的創作者仍有其一定的創作計畫與習慣，但有少數隨興型作家會任由靈感的帶領，筆隨意至，渾然天成。小說的創作過程，一般而言，可分下列幾項步驟：

一、決定題材

每一個故事都有作者想要透過故事內容傳達給予讀者的背後意涵（可稱為中心思想或中心主題）。因此，在下筆說故事之前，必須先擬定創作題材，究竟這個故事所要訴說的主題為何？決定了創作題材後，便開始著手收集資料、整理資料、閱讀資料、分析資料，擬定創作大綱，著手進行創作。每個作家關心的題材都不盡然相同，有些人擅長描繪鄉下人事物的點點滴滴，例如黃春明的〈兒子的大玩偶〉；王禎和的〈嫁妝一牛車〉。也有些人以歡場女子為書寫對象，例如白先勇的〈孤戀花〉及〈金大班最後一夜〉等；另外，也有以眷村生活為書寫題材的，例如朱天文的〈小畢的故事〉。不同的題材，呈現出作者不同的關懷向度。

二、收集資料

資料的收集盡可能越全面越好，不管是報章雜誌或多媒體影音、照片等，舉凡能對小說創作有所幫助的資料，都應先收錄，在創作過程中，再一邊篩選出符合自己創作題材的資料，進而進行整理資料、閱讀資料、分析資料，轉化成創作的材料。有時在進行資料的閱讀過程中，也會因此而產生新的靈感。通常一篇小說會因篇幅的長短而影響資料收集範圍的多寡，具體而言，資料的收集會如影隨形地在整部小說進行中及完成前，都可算做是資料的收集期。因為隨著情節的進展，資料的收集也會逐漸跟著擴大。大部分是事先收集資料、閱讀資料，並在這過程中觸發創作靈感，有時則是隨著情節的發展，反過來進行資料的收集。不論順序為何，豐富而多樣的資料，的確能為一篇小說增添許多參考依據與指引出新的創作方向。特別是關於小說的時代背景之考察等，務必詳實，對於歷史的考證也應該盡可能做到滴水不漏的地步，如此才不致於誤導讀者。這點是小說家要十分審慎注意的細節。

三、擬定創作大綱

在決定創作題材並已收集與閱讀相關資料後，便可開始著手擬定創作大綱。包括故事發生的時代背景、人物性格特色、對話、情節發展（單主線、雙線或多線）、小說的開頭與結尾的安排等細節，事先規劃出藍圖後，再依大綱

有系統地進行創作。在創作時可能會有一些新的想法，再慢慢進行修改，使其臻於完善。創作大綱就好比建造一棟房子時的設計圖，小說家依大綱而進行作品創作，但有時因應整體架構的需要，在創作過程中，依然可以回過頭來，進行大綱的修訂。

四、情節的鋪排

一篇小說，當創作進行順利時，情節的鋪排有時可以不著痕跡、自然而然形成，但多數時刻仍必須在作者的精心安排與多方巧思的激盪下，才比較有可能使情節高潮迭起，讓讀者在閱讀過程中，完全被故事情節所深深牽引，欲罷不能，讀完之後，也能留下深刻的印象，甚至想一讀再讀、回味再三，好的小說就應該具備這樣的特質。簡單地說，在整個故事進行的過程中，作者要能不斷地設計一些亮點（也可俗稱：「梗」）讓故事有可看性，讓讀者對於接下來的情節發展懷有高度的期待。有時是好笑的梗，有時是感動人的梗，有時是出乎人意料之外的梗。不管是怎樣的梗，它的目的都在於能時時刻刻吸引讀者的目光，讓讀者有一探究竟的想望，這樣的作品便可算是成功一大半了。

五、設計一個好的開頭

俗話說得好：「好的開始是成功的一半。」這樣的論點更適合用在一篇小說。一篇故事倘若能在一開始便吸引住讀者的目光，那麼接下來的情節發展多半能順利進行。因此，有一個好的開頭對一篇小說而言，便顯得相當重要。一般而言，一篇小說離不開人、事、時、地、物的介紹，有時也可能是先描寫風景，由遠而近、由景而人，像電影鏡頭般地漸漸帶入故事的敘述主軸。這樣的開頭寫法稱為「鏡框式」寫作手法。

六、一個好的結尾

一篇故事的結束可以是發人省思的勵志性結尾，也可以是開放式結尾，或者用一首感人的詩句作結，皆可留予讀者無限想像空間。一個好的結尾和好的開頭一樣重要，值得創作者細心安排。

七、故事力

整體而言，一篇好的小說必須是充滿故事力的小說。故事力就像是磁鐵一般，將讀者一步步吸引入故事中，使其無法自拔，並且使意識暫時脫離現實，進入小說的故事裡，想像自己正是男主角或女主角，暫時脫離現實生活中的真實身分，而得到身心靈的釋放。事實上，不論大人或小孩都喜歡聽故事，小說家便是透過一個又一個吸引人的故事，來傳達他對這世界的觀感與體悟。一篇好的小說，除了要能敘說一個動人的故事之外，也要有強烈的渲染力，藉由故事啟發讀者對生活、對生命多面向的思考角度，如此才不枉費一個故事的誕生。

小說創作要項

小說創作要項	選擇題材	創作題材亦即要訴說的主題為何。不同的題材，呈現出作者不同的關懷向度，好的題材才能引人入勝。
	收集資料	在創作醞釀及創作進行時，應隨時收集資料，進行資料的整理、閱讀與消化，儲備良好的創作養分，讓創作能順利進行，並有助於情節的開展。
	創作大綱	創作大綱就好比建造一棟房子時的設計圖，大綱的結構必須環環相扣，使情節的開展能緊密銜接、彰顯主題，使故事節奏自然流暢。
	情節鋪排	所謂「文似看山不喜平」，精心安排與巧思的激盪下，使情節跌宕起伏，使讀者完全被故事情節所深深牽引，但也要不失自然合理。
	開頭與結尾	好的開頭十分重要，小說要能在一開始便吸引讀者的目光，開啟讀者的興趣。結尾也要能雋永，使人印象深刻。開頭與結尾值得作者細心安排。
	故事力	要像是磁鐵一般，將讀者一步步吸引入故事中，使意識暫時脫離現實，進入小說的故事裡，想像自己正是主角，暫時脫離現實生活，得到身心靈的釋放。

近代小說家舉隅

作家	代表作品
魯迅	《狂人日記》、《阿Q正傳》、《祝福》、《孔乙己》、《故鄉》
沈從文	《邊城》、《長河》、《蕭蕭》
張愛玲	《傾城之戀》、《金鎖記》、《半生緣》、《紅玫瑰與白玫瑰》

現代小說家舉隅

作家	代表作品
阿城	《棋王‧樹王‧孩子王》
張大春	《我妹妹》、《城邦暴力團》、《大唐李白》
黃凡	《躁鬱的國家》、《大學之賊》、《寵物》
黃春明	《莎喲娜啦‧再見》、《看海的日子》、《放生》
朱少麟	《傷心咖啡店之歌》、《燕子》、《地底三萬呎》

圖解：文學概論

UNIT 6-4
散文創作

散文由於形式與內容比較自由，因此在創作時只要意隨筆至，將作者個人的真實生活樣貌或者對外在人、事、物的感觸與體悟化作優美且精準的文字，傳達給讀者即可。因為形式與內容上都較自由，在創作上信手拈來，便能成就一篇內容豐富的散文。不過值得注意的是，也因為創作上較自由，倘若在敘述主題上未能聚焦，便容易造成結構鬆散、內容零亂的現象，這是在創作散文時不可不注意到的要點。除此之外，若能多注意辭藻的優美，敘述之生動，以及真摯的情感等要素，便可創作出一篇篇動人的散文。綜合而論，散文的創作有幾項要領：

一、好的開頭

散文的開頭有懸疑式開頭法、開門見山法、故事法等，但一個富有創造性的散文家，除了可以自由地運用各種開頭的寫作方式外，也能不被這些方式限制，放開思路，大膽嘗試新的創作方法，讓文章隨時展現出新的風貌，予人耳目一新的感覺。

二、優美的文句

散文除了流暢的敘述之外，優美的文句也能使文章增添不少內涵與丰采。而如何創作出優美的文句呢？最重要的是要多閱讀、多寫、多修改，從中訓練出對文字的掌握度與嫻熟度。

三、真摯的情感

真摯的情感可說是任何文體必備的要素，一篇好的散文若只是空有寫作技巧則難以打動人。散文貴在真實，除了敘述內容是作者的親身經歷或細心觀察之外，情感的表達也要真切自然，才能感動他人。有句話說：「要感動別人前，必須先感動自己。」便是這樣的道理，沒有真摯的情感，就沒有動人的文章。

四、精采的結尾

一個感動人心的結尾，會讓文章餘韻無窮，熠熠生輝。用一首貼切的歌詞或一句詩作結，讓情感的表達達到巔峰，情緒又能同時收攝，戛然而止。這樣的結尾常能將讀者的閱讀情緒推到最高峰並瞬間鎖住，令人回味再三。

散文創作的要項

圖解：文學概論

散文創作	真摯的情感	散文若沒有真摯的情感，就如同一個人沒有了靈魂，真摯的情感是散文最重要的關鍵。若能確切表達最切身的經歷、最真實的感受與想法，自然能帶出真摯的情感。	
	引起共鳴的題材	散文大多描寫作者的真實生活經驗，描述個人切身的愛情、親情、友情等普遍題材，突出自身的特殊經驗，常能引起共鳴。	
	優美的文句	優美的文句增添耐讀性，使人品味不已。鍊字鍊句除了多閱讀美文佳句外，也要多書寫，培養文字的掌握力，並且多斟酌修改，精益求精。	
	精采的開頭與結尾	吸引人的開頭如同一部好的電影，總在開演的前五分鐘便能吸引住觀眾的目光。散文的開頭方法有：開門見山法、引起好奇的疑問法，以及故事法等。 一個感動人心的結尾，會讓文章餘韻無窮，熠熠生輝，能將讀者的閱讀情緒推到最高峰並瞬間鎖住，令人回味再三。	

UNIT 6-5
詩的創作

古典詩的創作因為要考慮到平仄與格律等問題，創作難度相對而言就比現代詩來得高。以律詩和絕句而言，格律的限制十分嚴格，因此，若非受過古典詩深厚的薰陶者，很難創作出古典詩句來。一首好的古典詩，要能嫻熟於詩律，但又不囿於詩律。臺灣目前尚有許多民間古典詩社，例如：彰化縣員林鎮的「興賢吟社」。除了民間詩社外，在大專院校中也設有許多古典詩社，例如淡江大學「驚聲古典詩社」、輔仁大學中國文學系的「東籬詩社」，以及東吳大學中文系的「停雲詩社」等，都是運作多年的大學古典詩社團，且經常舉辦古典詩創作比賽，對古典詩作的傳承，具有一定的貢獻。

至於現代詩的創作，相較於古典詩而言，雖然較自由些，但仍有許多細節值得注意：

一、明確的主題

一個好的題目，除了能引發讀者的閱讀好奇心之外，也應該要與內容相呼應，形成整體感。例如現代詩人席慕蓉有首詩作〈一棵開花的樹〉，除了主題明確外，也會讓人有想要一探究竟的感覺。同時，詩題與內容亦能相扣合，一個好的題目與主題，對於詩作而言，具有畫龍點睛之成效。

二、善用修辭技巧

詩是最精練的語言，其篇幅相對於散文與小說而言也較小。因此，倘若用語太過平鋪直敘，情感的表達過度直白的話，則很難讓人有想要一讀再讀的感覺。相反地，倘若能多用修辭，不僅能使文意更含蓄而有韻味，也能讓讀者在閱讀後，仔細玩味，反覆咀嚼。

三、真切而含蓄的情感

一首詩，情意的表達若過於直白，則很容易讓人感覺較缺少美感。中國人的情感表達向來較含蓄，通常想念一個人時，較少直接說，而是會用一種較迂迴的方式來傳遞情感。例如金昌緒的〈春怨〉：「打起黃鶯兒，莫教枝上啼。啼時驚妾夢，不得到遼西。」詩中的女子不直接說思念遠征遼西的丈夫，而是責怪黃鶯兒驚醒她的美夢，害她無法在夢中與丈夫相見。作者用一種委婉而含蓄的方式來傳達思念，反而另有一番美感。

圖解：文學概論

現代詩的創作要項

<table>
<tr><td rowspan="3">現代詩的創作</td><td>主題思想明確</td><td>主題思想是詩的生命，代表創作者的情感和意念。主題搭配題目與內容形成詩的整體感，例如現代詩人席慕蓉有首詩作〈一棵開花的樹〉，除了主題明確外，也會讓人有想要一探究竟的感覺。</td></tr>
<tr><td>講究修辭技巧</td><td>詩是最精練的語言，多善用諸如譬喻、轉化、象徵等修辭手法傳達詩的意象，提煉韻味，能讓讀者仔細玩味，反覆咀嚼。</td></tr>
<tr><td>真切含蓄的情感</td><td>現代詩的表達非常多元，而詩意的傳達仍要講究美感，不宜過於直白，常以迂迴的方式來傳遞情感。</td></tr>
</table>

<table>
<tr><td rowspan="5">現代詩舉隅</td><td colspan="1" align="center">作家與作品</td><td align="center">特色</td></tr>
<tr><td>席慕蓉〈一顆開花的樹〉：
「如何讓你遇見我，在我最美麗的時刻……當你走近請你細聽，那顫抖的葉是我等待的熱情。而當你終於無視地走過，在你身後落了一地的，
朋友啊，那不是花瓣，是我凋零的心。」</td><td>情韻動人，情意真切，傳達一分無法被對方接受的深情。</td></tr>
<tr><td>鄭愁予〈生命〉：
「夠了，生命如此的短，竟短得如此的華美。……算了，生命如此之速，竟速得如此之寧靜。」</td><td>將生命稍縱即逝、美麗卻短暫之意，表露無遺。</td></tr>
<tr><td>吳晟〈負荷〉：
「孩子啊！阿爸也沒有任何怨言，只因這是生命中最沉重，也是最甜蜜的負荷。」</td><td>流露出一個父親對孩子的關愛。吳晟的詩以自小成長的故鄉為書寫對象，字裡行間傳達出對家人、家鄉，以及土地的深情愛意。</td></tr>
<tr><td>楊牧〈林沖夜奔〉：
「風靜了，我是 / 默默的雪。他在 / 敗葦間穿行，好落寞的 / 神色，這人一朝是 / 東京八十萬禁軍教頭 / 如今行船悄悄 / 向梁山落草 / 山是憂戚的樣子。」</td><td>以古典小說《水滸傳》中林沖夜奔的經過為創作題材，融古典於現代，頗具創意。</td></tr>
</table>

UNIT 6-6
劇本創作

劇本的創作是透過大量對話來進行故事情節的鋪排,因此,許多情節的線索都潛藏在對話中,使對話成為劇本創作的主軸。由於對話內容多是一句一句或是一小段話,因此,如何讓敘述主軸具有連貫性而不致斷裂,便顯得相當重要。

此外,劇本的創作通常是一幕一幕,在敘述時又得同時考量到舞臺、燈光、音樂、道具等因素,通常在對話中便要同時標示出人物當下的動作、表情或內心想法等,故在創作上比其他類型的文學作品更具挑戰性。一個劇本的創作者若能同時也是導演與演員,便相對比較能掌握劇本內容,以及相關細節的掌握。以臺灣現代戲劇為例,劇本多具有寫實風格,能適度地反映出時事與現代人的生活樣貌,內容頗為生活化與多樣化。

問題思考與單元習作

1. 您認為靈感與創作之間的關係為何?
2. 談談您的創作經驗及創作歷程。
3. 何謂戲劇?戲劇可能包含哪些範疇?

劇本創作的要項

劇本創作	人物角色與對話	劇本透過大量對話來進行情節的鋪排,呈現人物的鮮明個性,因此,生動、豐富的人物對話,十分重要,對話本身就是角色刻畫。
	營造一種氛圍	透過對話、表情、肢體語言使故事前進,營造整齣戲劇的效果。氛圍的營造需以劇本為基礎,透過演員精釆而生動地表現出來,所以劇本離不開舞臺、演員、場景等整體性的考量。
	藝術性	劇本創作力求藝術性,有藝術性的創作才能歷經時間的檢驗,歷久彌新,源遠流長。
	思想內涵	好的劇本除了要能吸引演員演出角色的靈魂外,也要能展現思想深度,給予讀者娛樂性,啟發思想、感情。

文學小辭典

莎士比亞之四大悲劇	元曲雜劇之四大悲劇
《哈姆雷特》 《馬克白》 《李爾王》 《奧賽羅》	關漢卿的《竇娥冤》 馬致遠的《漢宮秋》 白樸的《梧桐雨》 紀君祥的《趙氏孤兒》
莎士比亞之四大喜劇	中國之四大名劇
《威尼斯商人》 《仲夏夜之夢》 《皆大歡喜》 《第十二夜》	元朝王實甫的《西廂記》 明朝湯顯祖的《牡丹亭》 清朝孔尚任的《桃花扇》 清朝洪昇的《長生殿》

圖解：文學概論

文學賞析

章節體系架構 ▼

UNIT 7-1　小說的賞析視角

UNIT 7-2　散文的賞析視角

UNIT 7-3　詩的賞析視角

UNIT **7-1**
小說的賞析視角

小說的賞析可從創作者的角度、文學接受者（讀者）的角度、人物分析的角度以及旁觀者等角度來進行多重性、多面向的分析。

一、創作者的角度

一部文學作品就好似一件藝術品一般，每個人可以自由選擇從不同的角度切入分析與解讀。創作者在創作小說時，不管是以第一人稱的視角或第三人稱的視角來敘事，皆各有其優點，但也不免有其局限性。以第一人稱的視角而言，雖能帶給讀者身歷其境的主觀感受，但在敘述時，視角僅能從主角延伸出去，故敘事的廣度較受限。倘若以第三人稱視角來敘述故事，則又會讓讀者對主角主觀的感受有隔閡感。不論從哪一種角度來敘事，都隱含著某種作者個人偏執一方的視角。通常創作者在創作一篇文章時，隨著敘述的主軸發展，字裡行間總隱含著許多作者想傳達的訊息，有時是一種價值觀、生活態度、生命經驗、性格特色與人生觀等，種種內外因素形成屬於作者個人獨特的敘事風格與特色，以及他對這世界的觀看角度與詮釋方式。因此，倘若作者的性格較樂觀開朗，那麼他的作品所呈現出來的人物或故事氛圍大多也會是充滿陽光的正向風格。相反地，如果一位作家觀看外在世界的角度較悲觀，對人生的體悟較「荒涼」，那麼他的作品中的人物以及整體氛圍也會較傾向於悲涼，例如：在張愛玲的作品中便常常予人這樣的感受。所以有人說作品就像是作家的孩子（或影子），的確如此，作品實際上隱含著作者的性格基因。

二、文學接受者的角度

在賞析文學作品時，倘若從文學接受者（讀者）的角度來分析的話，同一篇文學作品可能會因為每個讀者賞析的角度不同而有不同的見解，因而激發出不一樣的火花。從文學接受者的角度出發，同時也隱含著接受者個人的生命經歷與生命態度所雜揉而出的一種有別於創作者的全新詮釋觀點。因此，當我們閱讀時，已經是在進行一種再詮釋了。文學欣賞者倘若試著從創作者的角度出發，不論揣測的角度如何，都未必能真正符合作者最初的創作意圖，這是進行文學欣賞時，所不可避免的難題。然而若能暫時拋卻作者的創作意圖與其他不確定因素，則必將帶出較多樣化的賞析角度，給予作品一種全新而多重視角的解讀方式，激發出文學作品本身的內在生命力。每個人的生命經驗不同，而文學作品就好像人生一樣，如人飲水，冷暖自知。因此，同樣一篇文學作品，每個人切入的角度與領受感動之處也不盡然相同，在這過程中，透過不同讀者的生命經驗及其視角，也將賦予文學作品更多采繽紛的生命樣貌。

三、從人物分析的角度

如果從人物分析的角度來賞析一篇文學作品，賞析者將自己投射在小說中的人物身上，幻想自己便是小說裡的人物，因此在賞析時，便會以人物的性格

特色及與故事中的其它人、事、物之間的糾結來展開探討，主觀意識與主觀情感可能較強烈，也可能因為個人對於小說人物的好惡而有了較主觀的評價與賞析。例如喜歡金庸小說《鹿鼎記》裡韋小寶這個角色者，便會認為韋小寶這號人物形象甚為可愛；但也有些讀者則不一定喜歡像韋小寶這樣活潑而不守社會規範的人物，反而比較喜歡沉穩內斂的角色。

從人物分析的角度出發來進行文學賞析，將反映出讀者的閱讀心理，從而使小說中的人物形象更加鮮明活潑。例如《紅樓夢》中的人物賈寶玉、薛寶釵、林黛玉、王熙鳳以及其他金釵的角色等，各有特色，每個讀者喜歡的人物各有不同，有人喜歡薛寶釵的冷靜、穩重與識大體的性格；也有人喜歡林黛玉的柔弱、浪漫與細膩。因為分析的角度不同，故而讓人物的性格特色更加鮮明、豐富。又如以張愛玲的〈紅玫瑰與白玫瑰〉一文為例，男主角佟振保在面對自身的愛情抉擇與外在現實環境相互衝突時，最終背離了自己的愛情，選擇做一個符合社會價值觀的社會我，故而造成個人情感上的悲劇。但女主角王嬌蕊（紅玫瑰）則不同，她敢愛敢恨，勇於作自己，不顧社會的眼光，勇敢地追求自己所愛。或許有人會認為王嬌蕊很自私，為了追求愛情而不顧自己已婚的事實，任性而為地發展與佟振保之間的婚外情。然而撇開道德面來看，至少她勇於忠於自己的心意。至於白玫瑰（孟煙鸝）給人的印象則是單純、安靜、保守、內向，有著這樣個性的女人，對振保而言，正適合娶來當老婆，但沒想到，最後，最適合當老婆的白玫瑰卻背叛了振保，與裁縫師之間有了曖昧關係。白玫瑰像是找不到愛或不懂得愛的女人，在振保的忽略與不恥的對待態度下，十分壓抑地過日子，最後或許是為了尋求情感的出口與慰藉而與裁縫師發展出不倫戀，但就連這段不倫戀，對她而言，也都是清清淺淺地，自欺欺人式地，不著痕跡。張愛玲將男、女主角的人物性格刻畫得十分細膩，自然地呈現出鮮明的人物形象與特色。

四、作者的創作意圖

一篇小說，不論人物有幾位，情節的起伏如何，故事的結局是喜或悲，最終都隱藏了作者創作這篇小說想要傳達的主要意圖或目的。以張愛玲的〈紅玫瑰與白玫瑰〉為例，在這篇文章中，張愛玲雖以愛情為敘述主軸，看似在談論愛情，以及每個人在面對愛情時所展現的不同樣貌，實則是在反映人性，反映人性中的喜新厭舊，以及當愛情與現實相互衝突時，每個人最終所做出的選擇各有不同。因此，當我們在評論或賞析一篇文學作品時，一定不能忽略作者的創作意圖，否則便好像對一個人的外表高矮、胖瘦進行仔細分析與品頭論足，卻忽略了他的內在性格特色與靈魂一般，容易流於表層分析。

小說的賞析

圖解：文學概論

小說的賞析角度	說明	例子
作者的創作意圖	一篇小說，不論人物有幾位，情節的起伏如何，故事的結局是喜或悲，最終都隱藏了作者創作這篇小說想要傳達的主要意圖或目的。	張愛玲的〈紅玫瑰與白玫瑰〉雖以愛情為主軸，以及每個人在面對愛情時所展現的不同樣貌，實則在反映人性中的喜新厭舊，以及當愛情與現實相互衝突時，每個人最終所做出的不同選擇。
創作者的角度	創作者在創作小說時，以第一人稱的視角或第三人稱的視角來敘事，各有其優點，但也不免有局限性。以第一人稱為敘事視角，雖能帶給讀者身歷其境的主觀感受，但視角僅能從主角延伸出去，敘事的廣度較受限。若以第三人稱視角來敘述故事，則又會讓讀者對主角主觀的感受有隔閡感。不同的敘事視角，帶來不同閱讀感受。	白先勇在一次演講中，朗讀自己的詩作〈小小的島〉時說，一般人都將這首詩誤以為是愛情詩，但事實上，這首詩他是為他的好朋友而寫的。由此可見，從創作者的角度出發與讀者有時是不一樣的。
讀者的角度	同時也隱含讀者個人的生命經歷與生命態度所雜揉而出的一種有別於創作者的全新詮釋觀點。當我們閱讀時，已經是在進行一種再詮釋了，可能帶出多樣化的賞析視角，給予作品一種全新的解讀方式，激發出作品本身的內在生命力。	夏志清對魯迅、張愛玲的作品及創作風格進行賞析評論，而有精闢的見解。
人物分析的角度	以人物分析的角度來進行文學賞析，將反映出讀者的閱讀心理，從而使小說中的人物形象更加鮮明活潑。也可能因為對於小說人物的好惡而有較主觀的評價。	《紅樓夢》中的人物賈寶玉、薛寶釵、林黛玉、王熙鳳以及其他金釵的角色，各有特色。每個讀者喜歡的人物各有不同，有人喜歡薛寶釵的冷靜、穩重與識大體的性格；也有人喜歡林黛玉的柔弱、浪漫與細膩。

散文的賞析視角

散文是作者真實情感的展現,大多是作者對自己或對外在人事物的觀察與體悟後所產生的真實情感與想法。一般而言,散文的賞析角度可從下列幾個方向著手:

一、題目

一篇散文要有一個適切的題目,如此才能有畫龍點睛之功效。而一個好的題目,常能在第一時間便引起讀者的好奇心,勾起讀者想往下閱讀的慾望。因此,當我們在評論一篇文章時,便可從題目是否適切或具有特色著手品評。好的題目要能一語中的,直接文章的核心或主題。例如:寫作的題材是有關故鄉,倘若題目是「故鄉」,除非內容很吸引人、很特別,否則便容易予人平凡無奇的感受。如果像周作人「故鄉的野菜」為題,便讓人在第一眼便能抓住全文的敘述主軸與核心概念,相較於「故鄉」而言,便是一個更貼切的題目。

二、風格

正如一個人的性格決定他的命運一般,一篇散文的敘述風格也會決定文章所呈現出來的特色。因此,賞析一篇散文時,可從風格著手,透過風格的評析,能幫助讀者更貼近作者的創作特色與其文章所欲表達的思想、情感。但評論者要特別注意的是,不能僅僅就某位作者的單一篇文章,便給予作者的作品風格定型,因為作者的創作風格會隨著個人經歷、生命經驗與年齡的增長等內外在因素而有所變化。因此,一篇文章只能看出作者在創作這篇文章的當下所呈現出來的風格,讀者如欲進一步了解作者的作品整體風格,則必須將作者所有的文章都一一讀過,仔細品評、玩味,如此評論起來才會更加客觀、深入。例如:當我們閱讀現代散文家簡媜的每一時期的作品時,皆能發現有不一樣的寫作題材與關心主題,敘述風格也大多有所不同。從《紅嬰仔》、《老師的十二樣見面禮》、《天涯海角——福爾摩沙抒情誌》、《誰在銀閃閃的地方,等你》,書寫的主題從懷孕生產、初為人母的心情到描寫美國小學的生活樣貌,個人家族史與臺灣歷史情懷,乃至於書寫老人議題,每一時期的作品皆能有別於前一本作品的特色,而讓讀者驚豔。故此,我們很難以單一篇文章來予以作者風格下定論,必須全面閱讀與理解後,才能有較全盤的認識。

俗話說「文如其人」,因此我們可以說風格等於人格。在作品中,我們同時可以更深層地去認識一位作家的情感與思想,每位作家因成長背景與生命經驗及個性的不同,反映在作品中,自然有不一樣的風格樣貌。例如:有些作者喜歡以愛情為主題;有些作家則擅長描繪城市風景與都會生活;有些作家因為關心自然生態以及土地環保等議題,作品呈現出環保與自然保育風,例如劉克襄(1957-)與近年來吳晟(1944-)的詩作。劉克襄的作品多書寫大自然中的

人事物，其中《十五顆小行星》記錄著十五個大自然旅人的生命故事，煞是動人，從中也可看出人跟大自然之間有著密不可分的緊密關係，透過這十五位旅人的故事，讓人思索人與自然的關係，來自自然；歸於自然，或許本是人之宿命，也因此，活著時，更應該尊重大自然，熱愛大自然，學習與自然和諧共處。吳晟，本名吳勝雄，臺灣彰化人。他的故鄉彰化縣溪州鄉是個偏僻的農村，一生在這塊土地上成長的吳晟，創作題材也多取自農村生活的點點滴滴，文字質樸自然，呈現出一股濃厚的人情味與人文關懷。每個作家因為關懷向度的不同，作品風格自然呈現出不同樣貌，但相同的是，在作品風格中，讀者得以照見作者內心深層的樣貌，以及他對外在世界的觀察與體悟，進而刺激讀者反思自己與周遭環境的對應關係。

三、敘述技巧

散文敘述技巧的好壞是決定一篇文章能否成功的重要因素之一。良好的敘述技巧需要長時間的磨練，有時一個簡單的比喻便能為文章增添許多豐富的意象。因此，好的敘述技巧需要多加練習，細細琢磨。對於初學者而言，可先從觀察身邊的人、事、物，並著手描繪，透過文字將之形象化，多讀、多寫、多修改，才能不斷地進步。將文字當做畫筆，一筆一畫細緻地刻畫出人、事、物的特色，透過文字的敘述描繪出一個清晰的畫面，讓讀者在腦海裡產生一種畫面感，不知不覺地全神貫注於文字敘述中，讓人有身歷其境的感覺。例如：朱自清的〈背影〉便成功地刻畫出一位父親的形象，用父親拖著蹣跚的腳步，辛苦地跨過月臺去為兒子買橘子這樣的描繪，猶如有一臺攝影鏡頭似地，成功地營造出一個畫面感，透過這個畫面，讀者確切地感受到朱自清所欲傳達的那種父親含蓄卻又充滿溫暖的愛。

四、情感真摯，表達含蓄雋永

在散文的創作過程中，情感真摯，表達含蓄是文學藝術創作的最高境界。但難處也正在於此，如何將情感表達真切又能給人含蓄的感覺，不會因為太過直白露骨地描述而失去文章的美感與天然韻味，著實考驗著創作者的功力。通常情感的表達含蓄，點到為止，表達適切，戛然收攝的文章，反而能令人回味無窮、再三玩味。好的散文內容，其文句中無一句我愛你、我想你，但透過敘述，卻在在讓人彷彿感受到字字句句都在傳達我愛你、我想你，這可說是散文創作的最高境界。

散文的賞析

散文的賞析角度	說明	例子
題目	一個適切的題目有畫龍點睛之效。好的題目要能一語中的，直接命中文章的核心主題。	周作人以「故鄉的野菜」為題，便讓人在第一眼便能抓住全文的敘述主軸與核心概念，相較於「故鄉」而言，便是一個更貼切的題目。如果要寫大學生活的作文，「生命中第一次迎新宿營」這題目會比「我的大學生活」還吸引人。
風格	透過風格的評析，能幫助讀者更貼近作者的創作特色與文章所欲表達的思想、情感。但要特別注意的是，不能僅僅就作者的單一篇文章，便將作品風格定型，因為作者的創作風格會隨著個人經歷、生命經驗與年齡的增長等內外在因素，而有所變化。	簡媜每一時期的作品有不一樣的寫作題材與關心主題，敘述風格也有所不同。從《紅嬰仔》、《老師的十二樣見面禮》、《天涯海角—福爾摩沙抒情誌》、《誰在銀閃閃的地方，等你》，書寫的主題從懷孕生產、初為人母的心情到描寫美國小學的生活樣貌，個人家族史與臺灣歷史情懷，乃至於書寫老人議題，每一時期的作品，皆能有別於前一本作品的特色。
敘述技巧	散文敘述技巧是決定一篇文章能否成功的重要因素之一。良好的敘述技巧需要長時間的磨練，所以觀察敘述吸不吸引人、有沒有特色、是不是流暢自然，也是評斷一篇散文好壞的關鍵。	朱自清的〈背影〉成功刻畫出一位父親的形象，用父親拖著蹣跚的腳步，辛苦地跨過月臺去為兒子買橘子這樣的描繪，猶如有一臺攝影鏡頭似地，成功地營造出一個畫面感，透過這個畫面，讀者確切地感受到朱自清所欲傳達的那種父親含蓄卻又充滿溫暖的愛。
情感真摯，含蓄雋永	情感真摯、表達含蓄，又不失美感與天然韻味是文學藝術創作的境界。	楊絳的《我們仨》含蓄溫婉，處處透露細膩的感觸、敏銳的觀察與情感的流動。

UNIT 7-3
詩的賞析視角

圖解：文學概論

詩的賞析視角可分為古典詩賞析與現代詩賞析。古典詩涉及的賞析範圍可能更加複雜，通常可從格律、音韻、平仄以及押韻等角度切入，另外尚可從內容情感、思想以及文字辭藻、修辭層面等角度來進行賞析。

至於現代詩的賞析相較於古典詩而言，則單純了許多。雖然現代詩在內容與形式上講求自由，但也應保有詩的特質，結構與內容不宜太過散漫，否則難免流於徒具詩的美名而無詩之實質內涵，淪為只是堆砌辭藻的散文式詩句的窘境。

賞析詩作時，可從下列幾個角度切入：

一、是否具有韻律感

雖說現代詩不一定要押韻，但仍需注意詩句讀來是否具有音韻的律動感，使其具有詩本身的況味與特質，避免太像分行書寫的散文，而失去詩的美感與特質。以現代詩人為例，席慕蓉的作品多有強烈的音樂性與畫面感。例如她的詩作〈銅版畫〉：

> 若夏日能重回山間，
> 若上蒼容許我們再一次的相見。
> 那麼，讓羊齒的葉子再綠、再綠，
> 讓溪水奔流，
> 年華再如玉。

全詩運用了押韻以及重複的字句，增強朗誦時所帶出來的音樂性與節奏感。這樣的特色使得詩有別於散文，增強了音韻性與韻律感。

二、簡練的字句

詩本身的美感有一部分來自於其簡潔而洗練的字句。因此，賞析一首詩作時，單看它的字句是否簡潔、洗練，便可知其創作功力之深淺。至於如何創作出簡潔的字句呢？對於初學詩作者而言，或可試著運用「刪去法」。「刪去法」是指同樣一句話如果用六個字即能清楚表達出作者想表達的意思，那麼就不要用七個字，在創作過程中，學習用「刪去法」刪去許多多餘的字句，久而久之，自能創作出簡練的文句。除此之外，除非必要，否則要避免使用重複的字句。除非為了增加音韻感，否則應避免重複字句，因為詩本身的篇幅相對於散文、小說等文體而言，內容本來就少之又少，在這麼短的篇幅裡，倘若還使用太多重複的字句，則會減少閱讀時的新鮮感，予人缺乏變化的感覺，這點也是在創作詩作時，必須注意的要點。

三、情感的表達

一首詩情感的表達是否自然、真切又能含蓄，不僅僅是現代詩應該有的特質，也是任何文學作品都該具備的基本特色。一首空有寫作技巧而無思想與情感的詩作，就像一個空有美貌外表而胸無點墨的美女一般，讓人覺得少了一分由內透顯於外的氣質。現代詩也應是如此，除了文辭優美之外，情感的表達也要真摯動人，如此才不失為一首好的詩作。

四、意象的營造

豐富的意象也是現代詩必備的要素之一。意象的營造帶出想像力與詩意，因為情感是抽象的，故應透過具體的事物來表達抽象的情意，使其具體化。這點不論是在現代詩或古典詩裡，都是重要的特質。

意象的營造能使詩作更具有想像空間，不用白描，而是透過具體的事物來表達抽象情感的創作方式，讓詩句更增添想像力，使現代詩更具有詩的特質與魅力。

例如：《詩經‧蒹葭》：

蒹葭蒼蒼，白露為霜。所謂伊人，在水一方。

溯洄從之，道阻且長。溯游從之，宛在水中央。

蒹葭萋萋，白露未晞。所謂伊人，在水之湄。

溯洄從之，道阻且躋。溯游從之，宛在水中坻。

蒹葭采采，白露未已。所謂伊人，在水之涘。

溯洄從之，道阻且右。溯游從之，宛在水中沚。

這首詩的意象鮮明而豐富。以詩中「水」的意象為例，「水」除了有柔情似水之外，也代表男子在追求女子的過程中，歷經許多困難與阻礙。以對「水」的描述，帶出許多豐富的意象，予以讀者許多想像空間。

問題思考與單元習作

1. 文學評論與賞析可以從哪些角度出發？
2. 請舉一篇您最喜歡的文章（文體不限），加以賞析與評論。

詩的賞析

詩的賞析角度	說明	例子
韻律感	現代詩沒有押韻的限制，但仍需注意詩句讀來是否具有音韻的律動感，使其保有詩本身的況味與特質，避免太像分行散文。	席慕蓉〈銅版畫〉： 「若夏日能重回山間，若上蒼容許我們再一次的相見。那麼，讓羊齒的葉子再綠、再綠，讓溪水奔流，年華再如玉。」
簡練的字句	字句簡潔、洗練是詩作的功力。	林徽音〈人間四月天〉： 「你是一樹一樹的花開，是燕在梁間呢喃，你是愛，是暖，是希望，你是人間的四月天。」
情感的表達	詩是意象的傳達與表徵，情感的表達可以含蓄也能直接描寫，以達到藝術效果為目的。	李煜〈浪淘沙‧簾外雨潺潺〉： 「簾外雨潺潺，春意闌珊。羅衾不耐五更寒。夢裡不知身是客，一晌貪歡。獨自莫憑欄，無限江山，別時容易見時難。流水落花春去也，天上人間！」

詩的賞析角度	說明	例子
意象的營造	因為情感是抽象的，透過具體的事物來表達抽象的情意，使詩作更具有想像空間，更具有詩的特質與魅力。	戴望舒〈煩憂〉：「我不敢說出你的名字，假如有人問我的煩憂，說是遼遠的海的相思，說是寂寞的秋的清愁。」

第 **8** 章

作者風格與作品的關係

●●●●●●●●●●●●●●●●●●●●●●●●●● 章節體系架構

UNIT 8-1 何謂風格

UNIT 8-2 散文家風格及其作品舉隅

UNIT 8-3 現代詩人及其作品舉隅

UNIT 8-4 現代劇作家及其作品舉隅

UNIT 8-1
何謂風格

圖解：文學概論

什麼是「風格」？風格與作品的關係如何？這是本單元所要探討的問題。俗話說：「字如其人」。一個人的作品風格會展現出他個人的人格特色，因此我們可以說，人格特質反應到作品中便成為作品風格。整體而言，作品風格包括作者個人人格特質及其思想情感、人生經歷與所見所聞雜揉而出的作品特色，即是風格。

一般而言，「風格」的塑成可分為內、外在因素。內在因素即是指個人的才氣、性情、個性等特質。外在因素則較複雜，可能涉及個人經驗、學習歷程、成長背景、交遊往來與社會環境等種種因素的影響。這兩種內外在因素交織而成的個人性情與性格特色，發而為文則為「風格」。劉勰（約465-522）的《文心雕龍》將風格分為「八體」，即「典雅、遠奧、精約、顯附、繁縟、壯麗、新奇、輕靡」等[4]「八體」，可作為我們在品評文章時切入的角度。

但是也有一些作家風格多變，作品內容的類型不斷地挑戰自我、求新求變。讀者也可從中發現作者的成長經歷。大致而言，每個作家都有屬於他個人獨特的創作風格，只是經常依年齡的變化，作品風格會有所轉變。以現代散文家簡媜（1961-，本名簡敏媜）的作品為例，簡媜早期的作品《水問》，內容多描述大學生活時的心情點滴。《月娘照眠床》則描寫作者小時候住在宜蘭鄉下與阿嬤生活的情景。《胭脂盆地》描繪都會女子的生活樣貌。《天涯海角——福爾摩沙抒情誌》則透過追溯自己的家族歷史，進而涉足臺灣史，寬度與深度與她的其他作品相較下，都大大地開展。

現代小說家風格各有不同，有針砭時事者、書寫愛情者、反映鄉土生活者、都會生活描繪者等，不論風格如何都各有其特色，也都是一種生活的反映。在現代小說家中，例如張愛玲、魯迅、巴金（1904-2005，原名李堯棠，四川成都人）等人，作品的風格鮮明，意蘊深遠，並能深刻地反映出時代環境的氛圍，作品風格鮮明，值得讀者再三回味。

---

[4] 參見劉勰：《文心雕龍》體性第二十七（臺北：文史哲出版社，1991年），頁21。

風格

文學作品的風格要素	作者的性格	每個作者有其性格特色，或剛毅，或溫柔，化之為文則形成不同的文氣與風格，成為獨一無二的作品特色。
	所關注的族群或議題	因為所關注的族群或議題，形成不同的作品風格。例如陳列的《地上歲月》，多描寫一些市井生活及小人物，成為他獨特的風格。
	成長背景	一個人的成長背景與環境會反映在作品中，作者的生平及成長經歷，可以幫助我們更深入而全面地了解作品。

文學加油站

《典論·論文》節錄：

文人相輕，自古而然。……

王粲長於辭賦，徐幹時有齊氣，然粲之匹也。如粲之〈初征〉、〈登樓〉、〈槐賦〉、〈征思〉，幹之〈玄猿〉、〈漏卮〉、〈圓扇〉、〈橘賦〉，雖張，蔡不過也。然於他文，未能稱是。琳、瑀之章表書記，今之雋也。應瑒和而不壯，劉楨壯而不密。孔融體氣高妙，有過人者；然不能持論，理不勝辭；以至乎雜以嘲戲；及其所善，揚班儔也。

常人貴遠賤近，向聲背實，又患闇於自見，謂己為賢。夫文本同而末異，蓋奏議宜雅，書論宜理，銘誄尚實，詩賦欲麗。此四科不同，故能之者偏也；惟通才能備其體。

文以氣為主，氣之清濁有體，不可力強而致。譬諸音樂，曲度雖均，節奏同檢，至於引氣不齊，巧拙有素，雖在父兄，不能以移子弟。

蓋文章，經國之大業，不朽之盛事。年壽有時而盡，榮樂止乎其身，二者必至之常期，未若文章之無窮。是以古之作者，寄身於翰墨，見意於篇籍，不假良史之辭，不託飛馳之勢，而聲名自傳於後。故西伯幽而演易，周旦顯而制禮，不以隱約而弗務，不以康樂而加思。夫然，則古人賤尺璧而重寸陰，懼乎時之過已。而人多不強力；貧賤則懾於饑寒，富貴則流於逸樂，營逐目前之務，而遺千載之功。日月逝於上，體貌衰於下，忽然與萬物遷化，斯志士之大痛也！融等已逝，惟幹著論，成一家言。

UNIT 8-2
散文家風格及其作品舉隅

以臺灣為例，現代散文家猶如繁花盛開般，為數不少，但礙於篇幅，無法一一敘及，不免有遺珠之憾。在此，僅舉幾位作家及其作品為例，說明好的散文作品及寫作特色應如何。

首先是張曉風女士（1941-）的作品，其作品內容多寫日常生活中的生活記事，風格情理兼俱，情韻雅致，值得細細品味。另外，張曼娟女士（1961-）的散文內容也為多數年輕學子所喜愛，作品題材多敘述其日常生活中對愛情、對生活的感觸與體悟，如《百年相思》、《緣起不滅》，或對美食與人情事故的書寫，如《黃魚聽雷》，以及對旅行的書寫，如《天一亮，就出發》，或者其他對生活的感觸與體悟等。張曼娟的作品文辭優美，情意真切自然，字裡行間經常流露出淡淡的浪漫與濃濃的溫情。另一位不可忽略的散文家是簡媜女士（1961-），簡媜的散文隨著其年齡的增長，在不同時期的作品有其不一樣的風格樣貌，閱讀簡媜的散文，同時似乎也跟隨著作品，一步一腳印地，踏踏實實地成長著。從最早的《水問》到描繪都會生活點滴的《胭脂盆地》，及以追溯家族史為出發點的《天涯海角——福爾摩沙抒情誌》，描繪個人從懷孕到生產到初為人母的心路歷程的《紅嬰仔——一個女人的育嬰史》，以及舉家至美國旅居數月後的生活記實《老師的十二樣見面禮》等，每一本新書的出現，都標誌著作者新的一段生活的里程碑。

大陸作家楊絳女士（1911-）的散文風格平實自然，筆觸間常散發出一股理性氛圍。閱讀她的散文著作《我們仁》時，讀者腦海裡會不由自主地浮現她、錢鍾書（1910-）及女兒圓圓（小名）三人踏實生活的情景。那種世局再亂，只要我們仁在一起就一定能挺過的溫馨感，瀰漫全文，濃郁呈現。楊絳的筆觸是冷靜的，冷靜到將甜蜜濃烈的情愫化作雲淡風輕，可那雲淡風輕卻又顯得餘韻繚繞，讓人不由得羨慕起「他們仁」那種相親無憂的生活。當楊絳幽幽地說：「一九九七年早春，阿瑗去世。一九九八年歲末，鍾書去世。我們三人就此失散了，就這麼輕易地失散了，『世間好物不堅牢，彩雲易散琉璃脆』。現在，只剩下了我一人，我清醒地看到以前當作「我們家」的寓所，只是旅途上的客棧而已。家在哪裡，我不知道，我還在尋覓歸途。」當她說：「我一個人思念我們仁」時（寫作此書時，楊絳九十二歲），讀者真的會在不知不覺中被感動，縱使她把話說得那麼地輕。

另外，在男性散文家中，不可忽略的一位是陳列先生（1946-，本名陳瑞麟，臺灣嘉義縣人）。陳列出版的散文作品不多，他膾炙人口的作品有《地上歲月》、《永遠的山》等，作品內容多描寫對土地、自然、山林以及礦工、農民等生活的觀察，風格獨特，淡淡地筆觸卻流露出對大自然濃濃的關懷。陳列在他的〈地上歲月〉一文裡談到：「十多年的學校教育給了我較複雜的知識，土地則點點滴滴地將更深邃的某些東西注入我的心胸裡，其中則包括了關懷、希望、自由以及和村人一體的感覺。」將土地給人們直接的感受與學校

所給的複雜知識並比，形成強烈的對比，更進一步帶領人們思索人、自然與知識之間的關係，重新調整對自然與知識的看法。又說：「人的存在若有任何價值的話，並不是因爲他們活著，吃喝睡覺，而後死去，而在於他們的心中永遠保有著一個道德地帶。」剝除外加於人們外在的諸多光環，回歸於人的內在，指出人身爲人的本質，才是眞正的價值之所在。

中生代散文家張維中先生（1976-）的散文則多反映出都會生活與時尚流行風，張維中近年來由於旅居日本，故其作品內容多描寫對日本都會生活、文化與時尚的觀察及其與臺灣文化的對比，近年來著有《東京等等我》、《半日東京》等反映旅居日本生活的點點滴滴之作品。另外，其作品〈夢中見〉，透過夢境的描寫，在淡淡的文字敘述中，表達出對其已故父親，濃濃的思念情意。文章的前半部描寫在夢境中父親與他的諸多對話，文章的末尾敘及：「骨灰罈比我想像中重得許多。即使有一個袋子讓我掛在脖子上，當我捧在胸前時仍不免覺得沉重。這是我第一次捧起他來吧，像個嬰孩一樣，靠在自己的胸口。時光不可能倒流，所以身爲子女的我們，能夠將父母像個嬰孩一樣地捧在雙手上，恐怕也就只有這個時候了。三十年前，當我爸第一次捧起剛出世的我時，究竟是什麼心情呢？是不是也比想像中的來得重？我從沒有問過他。」文字的敘述看似淺白平淡，但情感的表達卻餘韻無窮。

上敘諸位現代散文作家，其作品皆各有其風格及特色。但不管文章的風格如何，情感的表達眞切自然卻是他們共同的特色，也是散文最重要的特質之一。

唐宋八大家風格與作品（茅坤編《唐宋八大家文鈔》）

時代	作家	風格特色[5]	名篇與著作
唐	韓愈 字退之，世稱韓文公，又稱韓昌黎	鎔鑄典籍，取神遺貌，兼長眾體，變化雄奇。倡文以載道。	〈師說〉、〈送董邵南序〉 《昌黎先生集》
	柳宗元 字子厚，世稱柳柳州	博學力文而未能盡化，思想兼雜佛道，而激憤辛酸往往奇峻，長於書記、駁論。	〈永州八記〉 《柳河東集》

---

5 參考陳耀南，《唐宋八大家》。

時代	作家	風格特色[5]	名篇與著作
宋	歐陽脩 字永叔，號醉翁，晚號六一居士，卒諡文忠	迂徐柔婉，平易清麗，以序記志銘，敘述感嘆見勝，而論理非其所長。	〈醉翁亭記〉、〈秋聲賦〉 《歐陽文忠集》 《新五代史》
	蘇洵 字明允，號老泉，追贈光錄寺丞	得力縱橫策士之文，最長駁論，不求平實。文得《戰國策》、《史記》，有先秦之風。	〈六國論〉、〈辨奸論〉 《嘉祐集》
	曾鞏 字子固，世稱南豐先生	原本經史，以書序為勝，安和質實，稍欠空靈，亦乏雄強之力。為文原本六經，長於議論。	〈墨池記〉 《元豐類稿》
	王安石 字介甫，晚號半山，封荊國公，世稱王荊公，卒諡文，亦稱王文公	論義奇拔，文字精峭。	〈傷仲永〉、〈遊褒禪山記〉 《臨川集》

時代	作家	風格特色[5]	名篇與著作
宋	蘇軾 字子瞻，號東坡居士，諡文忠	氣盛文暢，出入三教，辭藻動入，議論勝於記敘。	〈前赤壁賦〉、〈後赤壁賦〉 《東坡全集》
	蘇轍 字子由，號欒城、潁濱遺老	文風汪洋淡泊，適如其人，秀傑之氣，終不可掩。晚好佛理，有蕪蔓之累。	〈黃州快哉亭記〉 《欒城應詔集》

現代散文家風格與作品舉隅

作家	風格與作品
楊絳	散文風格平實自然，字裡行間常散發出一股理性氛圍。作品《我們仨》中，楊絳的筆是冷靜的，冷靜到將甜蜜濃烈的情愫化作雲淡風輕，可那雲淡風輕卻又顯得餘韻繚繞，讓人不由得羨慕起「他們仨」那種相親無憂的生活。
張曼娟	作品題材多敘述其日常生活中對愛情、對生活的感觸與體悟，文辭優美，情意真切自然，字裡行間經常流露出淡淡的浪漫與濃濃的溫情。如《海水正藍》、《百年相思》、《緣起不滅》，或對美食與人情事故的書寫《黃魚聽雷》。
陳列	膾炙人口的作品有《地上歲月》、《永遠的山》等，作品內容多描寫對土地、自然、山林以及礦工、農民等生活的觀察，風格獨特，淡淡的筆觸卻流露出對大自然濃濃的關懷，更進一步帶領人們思索人、自然與知識之間的關係，重新調整對自然與知識的看法。

UNIT 8-3
現代詩人及其作品舉隅

現代詩人為數不少，礙於篇幅，本單元僅舉少數幾位為例，第一位是鄉土作家吳晟先生。吳晟先生（1944-）早期的作品多描寫家鄉彰化縣溪州鄉的風土民情，以及農民、農婦的生活樣貌。其代表作有《飄搖裡》、《泥土》、《吾鄉印象》、《向孩子說》等。令人印象深刻的詩作有〈店仔頭〉、〈負荷〉、〈阿媽不是詩人〉、〈蕃薯地圖〉等以鄉下人、事、物為題材的作品。吳晟先生的詩作充滿了濃濃的鄉土情懷，字句間滿懷著對故鄉土地、對母親、對孩子的深厚情誼。近年來多有關心環境保育等題材之作，例如〈只能為你寫一首詩〉，是為反國光石化、搶救白海豚而作的新詩。字字句句透露出對土地與環境的關懷與不捨之情。

另外，鄭愁予先生（1933-）的詩風典雅，文句優美。其有名的詩作：〈錯誤〉是大家比較熟悉的作品。除此之外，他還有一首詩，詩名是〈生命〉，描繪出對生命之美與生命之短暫的感觸與體會。第一個段落如下：

> 滑落過長空的下坡，我是熄了燈的流星
> 　正乘夜雨的微涼，趕一程赴賭的路
> 　待投擲的生命如雨點，在湖上激起一夜的迷霧
> 　夠了，生命如此的短，竟短得如此的華美！

這首詩將生命轉瞬即逝的底蘊描述得十分傳神，以長空、流星、雨點、迷霧等，成功地營造出短暫而美麗的意象。生命之路或許短暫，但沿途的景致卻亦十分美麗。

大陸作家戴望舒（1905-1950）的〈煩憂〉也是一首十分具有美感的詩作，情緒的表達含蓄，意蘊卻很深遠。

> 說是寂寞的秋的清愁，
> 說是遼遠的海的相思。
> 假如有人問我的煩憂，
> 我不敢說出你的名字。
> 我不敢說出你的名字，
> 假如有人問我的煩憂。
> 說是遼遠的海的相思，
> 說是寂寞的秋的清愁。

全詩用回文的修辭技巧，使得情感的回返與內心的糾結情緒，相互輝映。作者並未直接說出心中的煩憂為何。但看似顧左右而言他的表達方式，反而更能凸顯出那隱藏在心中，不能說與不可說的糾結心緒，盪之，之洄讀之頗令人回味再三。

現代詩人風格與作品舉隅

作家	風格與作品
吳晟	早期的作品多描寫家鄉彰化縣溪州鄉的風土民情，以及農民、農婦的生活樣貌。代表詩作有〈店仔頭〉、〈負荷〉、〈阿嬤不是詩人〉、〈蕃薯地圖〉等以鄉下人、事、物為題材的作品。詩作充滿了濃濃的鄉土情懷，字句間滿懷著對故鄉土地、對母親、對孩子的深厚情誼。近年來有關心環境保育等題材之作。
蕭蕭	詩風簡潔凝練。《感性蕭蕭》自序：「願以『人』為中心點去探討人與土地的關係，人與自然的和諧與對立因而了解人性的生命的真正本質所在。」關懷人、土地與大自然，作品亦多環繞這些主題。詩集著作《雲邊書》、《皈依風皈依松》、《凝神》等。
鄭愁予	詩風典雅，文辭優美，著名詩作〈錯誤〉為眾所熟悉的作品。自認寫作精神和中心，事實上是圍繞著「傳統的任俠精神」和「無常觀」這兩個主題，楊牧曾論道：「以清楚的白話……為我們傳達了一種時間的空間的悲劇情調。」詩集著作《窗外的女奴》、《衣缽》、《燕人行》、《寂寞的人坐著看花》等。
余光中	風格多樣，主題繁複，有著濃厚的鄉愁，以及對於優美文化失落的疼惜。許多詩作亦譜為流行歌曲廣為流傳，著名詩作有〈車過枋寮〉、〈鄉愁四韻〉、〈白玉苦瓜〉等。
周夢蝶	城市的隱逸者，詩壇的苦行僧，詩作頗富禪味與儒味，具備中國詩的抒情傳統，表現出朦朧不可盡解，空靈和脫逸的特色。《七十年代詩選》編者說：「周夢蝶是孤絕的，周夢蝶是黯淡的，但是他的內裡卻是無比的豐盈與執著。」詩集著作《孤獨國》、《還魂草》、《十三朵白菊花》等。

第 **8** 章 作者風格與作品的關係

UNIT 8-4
現代劇作家及其作品舉隅

臺灣的劇作家有些本身也是小說家，小說家將其作品改編成劇本，例如：郭強生（1964-）、郝譽翔（1969-）、許正平（1975-）等人，都曾進行劇本創作。郭強生的代表作有《非關男女》、《給我一顆星星》、《KTV不打烊》、《在美國》等作品，強調作品內容的精緻度。郝譽翔則有電影劇本《松鼠自殺事件》，該劇本並曾獲得新聞局優良電影劇本獎。已故作家三毛女士（1943-1991）著有電影《滾滾紅塵》劇本。另外，也有常自導自演的劇作家，如李國修（1955-2013），其創作量豐富，是一位能導、會演，又編寫劇本的全方位表演家。李國修先生創立「屏風表演班」，他的作品主要以舞臺劇為主，歷年來主要代表作有：《六義幫》（2008）、《女兒紅》（2003）、《京戲啟示錄》（1996）、《太平天國》（1994）、《徵婚啟事》（1993）、《西出陽關》（1993）、《OH！三岔口》（1993）、《莎姆雷特》（1992）、《半里長城》（1989）、《三人行不行》系列、《婚前信行為》（1987）、《1812與某種演出》（1987）等；電視劇本有《食人家族》、《熊貓人》等，創作量十分豐富。同時，他也是集演員、導演、劇作家於一身的多才多藝型創作者。

另外一位一樣集演員、導演、劇作家於一身的多才多藝型創作家是金士傑先生（1951-，臺灣屏東人），他所發表的劇本作品大多在他創辦「蘭陵劇坊」時期，目前已結集發行。《荷珠新配》是金士傑於1980年所編、導的第一齣舞臺劇。另外還有《懸絲人》、《今生今世》、《家家酒》、《明天我們空中再見》、《螢火》、《永遠的微笑》、《最後14堂星期二的課》等作品。

整體而言，臺灣本土劇作家為數不少，一般而言，可分為學院派與劇場派。學院派是指劇作家本身受過戲劇等學理的訓練；而劇場派則是指未必過學理的訓練，而由劇場實物訓練所養成的。但不管是哪一派作家，內容皆能呈現出一定的品質與內涵，且多數在國家戲劇院或咖啡館等，有一定的質與量的演出，內容也多能反映出這個時代環境的諸多現實問題，頗受觀眾喜愛。

另外，臺灣也有許多新興劇團，例如「臺灣戲劇表演家劇團」成立十多年，推出《預言》，由身兼編劇與導演的李宗熹率領金獎團隊共同打造的十年大戲，開創出劇場的新氣象，劇本及表演方式都讓人有耳目一新的感覺。

問題思考與單元習作

1. 何謂風格？請談談您最喜歡的一位作家及其作品風格及特色。
2. 請談談您印象最深刻的一齣戲劇？最讓您印象深刻的情節？為什麼？

現代劇作家風格與作品舉隅

劇作家	代表作品
李國修	創立「屏風表演班」，作品主要以舞臺劇為主。李國修創作量豐富，是一位能導、會演，又編寫劇本的全方位表演家。劇作《徵婚啟事》改編自1989年作家陳玉慧於報端刊載一則徵婚訊息，後來共有一百多位應徵者與她聯絡，其中有一名是女性，書中記錄了四十二個前往徵婚的男子，有記者、小學教師、香港僑生，還有黑道人物。有的應徵者只在電話裡問完作者年齡後即掛斷電話，也有應徵者在與作者見面時，道盡一生的滄桑故事，其中也有色情狂。舞臺劇將小說中的應徵對象轉化成舞臺上一人分飾二十角的徵婚男子。
郭強生	劇作《慾可慾非常慾》，自認表現了三層慾望：「第一層是愛情的慾望，第二層是劇作家操縱文本語言的慾望，三層是學院論述權力爭奪的慾望。而這三層慾望全都藉由語言表述，用語言操縱慾望與權力，是學院裡的『論述遊戲』。學院中的倫理與政治關係並不像論述一樣道德超然或前衛開放，掩藏在身分階級與學術語言之下赤裸裸的事實是愛慾與權力的操縱玩弄。」
金士傑	「蘭陵劇坊」的創始團員，也是臺灣劇場界的創作者之一。代表作《荷珠新配》由京劇《荷珠配》改編而成，寫一群騙子以假面互相作弄耍詐。舞臺仍沿用傳統戲中「一桌二椅」的形式，古今交錯，時空交雜，戲中的插科打諢擅用時事笑話，凡涉及時事人物話題，常將當時的社會背景予以變動潤飾，融入劇情。

第 **9** 章

文學與超文本

●●●●●●●●●●●●●●●●●●●●● 章節體系架構 ▼

UNIT 9-1　　超文本概述

UNIT 9-2　　文學與繪本

UNIT 9-3　　文學與傳播

UNIT 9-4　　小說與電影

UNIT 9-5　　網路文學

UNIT 9-6　　多媒體創作

UNIT **9-1**
超文本概述

圖解：文學概論

本單元我們要探討的是什麼是「超文本」？文學與「超文本」的關係又是如何？「超文本」這個名詞是因應網路新興之後，所產生的一個新的名詞。所謂「超文本」是指透過超連結方式來進行網路上的文章閱讀。也就是說，閱讀不再僅限於紙本，而是可經由網路、電子書、部落格、Facebook網誌等電子媒介的連結來進行，這樣的閱讀方式稱為「超文本」閱讀。

「超文本」的閱讀方式雖然提供了便利性，只要有一臺筆記型電腦或iphone、ipad等電子產品，並安裝電子書等瀏覽器，即能不受時空限制，隨時隨地進行閱讀。值得注意的是，「超文本」閱讀雖然方便，但因為網路是一個開放性平臺，任何人皆可在網路上架設個人部落格進行文學創作，且不像一般紙本的文本，已經由出版社事先進行審閱把關，雖然仍可透過優良部落格競賽篩選出不錯的網站，但品質有可能良莠不齊。因此在進行超文本的閱讀時，應仔細評估，慎選優質作品，以維持良好的閱讀品質。

超文本閱讀隨著網路的迅速發展，幾乎已漸漸成為目前人們的閱讀新趨勢。因應電子產品，例如電子書等的廣泛使用，讓超文本的閱讀方式越來越普及，也間接為文學創作與研究帶來了許多便利性。然而，因為超文本閱讀顛覆傳統的閱讀模式，是故也漸漸影響到實體書的出版。而有聲書的通行，對於忙碌的現代人而言，也不失是擁有另類閱讀方式的一大福音，得以讓愛好閱讀者，不論何時何地都能透過有聲書享受另類閱讀的樂趣。文學的傳播也因為超文本的閱讀方式而更具流通性與便利性。例如張曼娟有聲書：《遇見小王子》，即帶領聽眾聆聽、並認識法國作家聖艾修伯里的《小王子》這本文學著作，達到文學傳播之作用。

超文本

超文本介紹	定義	「超文本」乃是因應網際網路運用而生的新名詞，指透過超連結方式來進行網路上的文字閱讀。	
	形式	不限於看，也可透過「有聲書」來進行聲音式的閱讀，甚至搭配大量圖片、影音。	

	便利性	閱讀變得十分方便，無時無地可閱讀，改變人們的閱讀型態與習慣。	
超文本介紹	多樣化	只要有網路連絡，可以有多樣化的閱讀，不像書本，一次能攜帶的數量有限。	
	閱讀感	超文本閱讀的舒適度常不如書本。	

UNIT 9-2 文學與繪本

　　文學是生活的反映，也是藝術的一部分。既是如此，從廣義的角度而言，文學能涵蓋的範疇很廣，也能充分與生活中的各個層面結合，繪本便是其中的一種。繪本顧名思義是指繪畫與文字的結合，透過繪畫內容與文字敘述的相互搭配，彼此相輔相成，成爲藝術傳達的共同體。在臺灣現代繪本創作中，大家最耳熟能詳的有幾米（1958-）的繪本，其中有些作品也已拍成電影，例如：《向左走、向右走》。另有《微笑的魚》則拍成動畫。足見繪本在也深具文學傳播的作用。

　　此外，南投縣埔里鎮有位劉伯樂先生（1952-）的繪本大多描繪對大自然動、植物等觀察，頗有寓教於樂的意味，其代表作有《我看見一隻鳥》和《寄自野地的明信片》等。而《寄自野地的明信片》是劉伯樂第一本結合散文與插畫的圖文書，傳達出作者對大自然的熱愛。《我看見一隻鳥》這本書多彩的圖案與簡單的故事內容，頗具有自然鳥類與生態的教育意義。可見在現今高新科技時代，生活求新、求變、求速，繪本具有一定的閱讀群，其閱讀群分布各個年齡層。大致而言，繪本可引起青少年的閱讀興趣，久而久之，在不知不覺中讓青少年自然養成閱讀的好習慣。由於繪本結合圖畫與文字閱讀等雙重功能，圖文並茂，頗得年輕學子的喜愛，整體而言，也反映出文學的彈性及其豐富性。事實上，繪本與文學的關係十分密切，繪本可將文學中的文字轉化成優美的畫面，將想像力化爲具體的圖像，使敘述的故事更立體、具體地呈現，而且繪本也表現出強烈的故事性，再加上圖像，大大地提升閱讀時的視覺享受與藝術性。至於文學則可透過優美的文字敘述，增添繪本的想像空間及其所呈現出來的美感，使繪畫得到延伸性的想像。

　　關於繪本的創作前的構思，有些人是先有畫作而後再依畫作內容相應寫出配合的故事。但有些人則是先有文字，再依照文字所描述出的故事或場景來繪畫，營造出一種書畫合一的美感。在創作繪本時，應該注意下列幾項要點：

一、完整的故事性

　　繪本本身結合繪畫與文字，因此要能呈現出故事性，才可增添閱讀時的趣味性，並勾起讀者想要往下閱讀的好奇心。當我們在構思繪本創作時，有時就像構思一本好看的小說一樣，需要有精采的情節及故事內容，這也是很重要的因素之一。應該考量開場、情節發展與結尾等環結。但不同的是，小說僅能透過文字描述來呈現情節的發展，對於細節的描寫需交代清楚。可是繪本不同，繪圖本身即可呈現出多元訊息，因此，只要注意上、下圖之間能相互連結、連貫即可。與小說不同的是，小說由於完全透過文字來表達，因此情節的描寫與鋪排務求細膩而深刻，達到讓人在腦海中有著想像畫面的功力，有時需要較長的篇幅來鋪陳。而繪本因爲有圖像展現，因此盡量以呈現重點情節爲要，至於如何讓情節透過圖與圖之間順利連貫，則考驗著繪本創作者的構想與巧思。

二、圖文並茂

如前所述，繪畫與文學若能充分配合，即可呈現出一種相互應和的美感效果，讓故事更有畫面感與可讀性。因此，繪圖與文字內容必須能充分扣合，使其圖文並茂，這樣的繪本故事讀起來才能讓情節順利進展，且有引人入勝的感覺。至於究竟是先有圖像或先有文字的構思，則並無一定的順序或法則，可依創作者個人的習慣與喜好來進行創作即可。

三、豐富而多樣化的題材

每一位創作者都有其偏好的創作題材。繪本由於結合繪畫與文字，因此，讀者群的範圍很廣，其題材若能廣泛、豐富而多樣化，必能吸引各個年齡層的閱讀者，不管男女老少，皆能透過繪本，培養閱讀的習慣與樂趣。舉凡生活中各式各樣的題材，諸如都會生活、愛情、大自然中的蟲、魚、鳥、獸等，皆能成為繪本創作時的元素。不同的題材也能滿足各個年齡層的閱讀需求，透過繪本，除了可享受閱讀的樂趣，也能增廣見聞。

四、引人入勝的情節

繪本雖有圖作為輔助，但由於繪本的故事內容相對於小說而言，大都比較短，因而更需要有引人入勝的情節，會自動吸引讀者，自然而然地往結局探索，也能讓整個故事不致於流於平庸。因此，作者在構思故事內容時，需要有巧思，以便展現創意。

文學與繪本

文學與繪本	繪本的圖像表達方式，使文學作品更加豐富多元。
	繪本結合圖畫與文字閱讀等雙重功能，圖文並茂，頗得年輕學子的喜愛，整體而言，也反映出文學的彈性及豐富性。
	文學則可透過優美的文字敘述，增添繪本的想像空間及美感呈現，使繪畫得到延伸性。
	繪本可將文學中的文字轉化成優美的畫面，將想像力化為具體的圖像，使故事更立體、具象地呈現，提升閱讀時的視覺效果與藝術性。

繪本作家舉隅

作家	作品
幾米	臺灣最著名的繪本作家，擅長描繪都市寂寞心靈，以及人際感情的淡淡哀愁。其中有些作品也已拍成電影，例如《向左走、向右走》，另有《微笑的魚》則拍成動畫。代表作除了上述之外，尚有：《地下鐵》、《月亮忘記了》、《履歷表》等。
劉伯樂	大多描繪對大自然動、植物的觀察，頗有寓教於樂的意味，其代表作有《我看見一隻鳥》和《寄自野地的明信片》等。《寄自野地的明信片》是劉伯樂第一本結合散文與插畫的圖文書，傳達出作者對大自然的熱愛。《我看見一隻鳥》這本書多彩的圖案與簡單的故事內容，具有自然鳥類與生態的教育意義。

UNIT 9-3
文學與傳播

圖解：文學概論

　　所謂傳播是指透過文字、影音或聲音，甚至是音樂或繪畫、裝置藝術等進行知識、理念的傳送與播放，讓人與人之間能進行雙向溝通。文學也算是傳播的一種形式，透過文字的描述，人與人之間因而有了情意上的交流。甲方能準確地傳達他想表達的訊息，乙方能正確地接收訊息並無誤地理解甲方的意思，這樣的傳播方式，使得溝通呈現出一種開放性的管道。文學也是傳播工具的一種，透過文字將讀者的人生經歷及所見所聞傳播出去。不管與政府機構或人民之間的溝通，抑或是民間團體與民眾、企業與員工、老師與學生之間，都可透過任何傳播方式來進行良好的溝通。文學也是重要的傳播工具與溝通方式之一，文學看似是一種無聲的傳播工具，但當我們將文學作品透過朗誦方式大聲地朗讀出來時，便成為一種結合聲音與表情、強而有力的傳播方式。因此，文學是一種看似靜態的傳播方式，但實則是一種動態的傳播。文學可說是一種動靜皆宜的表達手法，透過文字，超越古今中外時空的限制，達到亙古長久的傳播力與穿透力，穿越時空限制，文學的力量可以亙古流傳。

文學與傳播

文學與傳播	傳播是指透過文字、影音或聲音，甚至是音樂或繪畫、裝置藝術等進行知識、理念的傳送與播放，達成溝通的目的。
	文學是傳播工具的一種。
	文學具有文化傳遞的功能。
	文學具有亙古長久的傳播力與穿透力。

傳播的功能	守望：發揮提醒、呼告、傳達等的守望者功能。
	決策：提供決策時的參考依據。
	社會化：融入社會活動時的參照指標。
	娛樂：提供娛樂性的資訊。
	商業：市場交易的情報以及行銷資訊來源。

UNIT 9-4 小說與電影

小說與電影看似是不同領域，實則具有密切之關係。很多小說皆改編成電影，透過影音可以更具體地將小說內容化作另一種藝術形成呈現出來，這就是文學的能動性。而且，不論是古今中外的文學作品，有很多改編成電影後，能讓更多人透過不同的傳播管道，熟悉文學作品的內容，也算是另類的閱讀方式。例如：中國四大小說《三國演義》、《西遊記》、《水滸傳》、《紅樓夢》等都曾改編成電影。透過影音或許消滅了文學裡的想像空間，卻有可能更激發一般大眾對於古典文學作品的接觸面，經由電影的激發回過頭來閱讀文本，也算是一種很好的閱讀模式。

現代小說中的作品不勝枚舉，本單元所舉的，不過是鳳毛鱗角。例如黃春明（1935-，宜蘭羅東人）的〈兒子的大玩偶〉、王禎和（1940-1980，臺灣花蓮人）的〈嫁妝一牛車〉、白先勇（1937-，是臺灣旅美文學家，祖籍廣西省桂林臨桂縣人）的〈孤戀花〉、〈金大班的最後一夜〉、張愛玲（1920-1995）的〈紅玫瑰與白玫瑰〉、《色戒》、《半生緣》；九把刀（1978-，本名柯景騰，彰化縣人）《那些年，我們一起追的女孩》等，都是很能吸引人的小說作品，在改編成電影後，也讓更多人知道這些文學作品及其特色，進一步引發對文本的閱讀興趣，可見文學作品（特別是小說）與電影，二者可相輔相成。好的小說可改編成電影，同樣地，好的電影劇本也可改編成小說，二者相互輝映。

整體而言，電影與小說仍有許多相異之處。大致上可歸納出下列幾點：

一、表現方式不同

電影是透過影像、聲音、光影、畫面為傳播媒介，將想傳達給觀眾的訊息在第一時間透過聲、光、畫面等表露無遺。小說則不同，小說的惟一媒介是文字，透過文字的描述呈現出故事的畫面感。因此，從某種角度看來，若要營造出一種讓讀者身歷其境的感覺，則難度將更高。電影可透過影像、聲光等來呈現，有時一個畫面的出現，即可正確且立即地傳達出許多訊息。但小說則完全仰賴作者的創作功力，透過文字敘述、鋪排與描寫手法，營造出豐富的想像空間。

二、情節的安排

電影是一種再詮釋，導演或編劇在閱讀小說原著後，從自己的觀點切入，重新再詮釋，賦予故事一個新觀點、新想法、新的呈現方式，因此很難完全忠於原著，這是電影與小說最大的不同。大部分的小說創作者在創作小說時，不一定會考量讀者喜不喜歡這樣的問題，但電影或電視劇本的創作者則可能很難忽略觀眾的喜好，因為電影播出後有票房壓力，因此有時得或多或少考慮到觀眾的喜好而做較聳動、刺激的情節安排，才能吸引住觀眾的目光。

電影和小說具有密切的關係，相輔相成，但彼此又存在著各自的屬性，保有各自的特色。

小說與電影

小說與電影的關係	共同特質是透過故事來傳達人生百態。
	透過影音可以更具體地將小說內容化作另一種藝術形成呈現出來，發揮文學的能動性。
	古今中外的文學作品，改編成電影後能讓更多人透過不同的傳播媒介，熟悉文學作品的內容，是另類的閱讀方式。
	中國四大小說《三國演義》、《西遊記》、《水滸傳》、《紅樓夢》等都曾改編成電影，擴大了感染力。

文學改編電影舉隅

作家與作品	形式	影響
黃春明〈兒子的大玩偶〉	導演：侯孝賢 編劇：吳念真 電影內容部分與小說原著不同。	透過電影的改編，更能呈現出主角坤樹的內心情感與樣貌。
張愛玲〈紅玫瑰與白玫瑰〉	導演：關錦鵬 編劇：林奕華 電影內容幾乎是忠於小說的原味。	電影透過聲光、影像讓內容更立體化、形象化。

網路文學

網路文學是近十年來拜網路興起所產生的一種新興文學的型態，早期網路文學作家大家比較耳熟能詳的有藤井樹、痞子蔡與九把刀等人，這幾位作家後來皆陸續出版實體書，成為暢銷作家。可見在網路興盛的時代，人人都可架設一個屬於自己的創作平臺，每個人都有機會成為作家，只要你所書寫的主題夠特別、夠有創意，自會引來出版社的注意。然而值得注意的是，網路文學雖然是一種新興的創作平臺，但同時也是個變動快速的創作天地，充斥著各式各樣的文章，真正能長期被追蹤閱讀，或成為持續創作者，則有待時間的檢驗。也就是說，雖然網路提供了諸多創作被看見的機會，但惟有真正有實力的創作者，才能長期被追蹤、關注。

網路文學的題材，可分為下類幾種類型：

一、校園及網路愛情類

一般而言，校園與網路愛情類的小說，頗能引起年輕讀者的關注與喜愛，例如痞子蔡、藤井樹等大多寫校園愛情故事。痞子蔡的《第一次親密接觸》內容觸及網路愛情故事，在網路新興初期，曾引發一股閱讀熱潮。藤井樹的《B棟11樓》內容主要描寫即將畢業的大學生面對未知的未來，許多關於愛情與夢想的故事，題材貼近生活，頗得年輕學子的喜愛。

二、都會生活類

九把刀的作品有一部分被稱作「都市恐怖病」，除此之外，也有以愛情為題材的《愛情兩好三壞》，另有《哈棒傳奇》、《月老》、《獵命師傳奇》、《那些年，我們一起追的女孩》等代表作。其作品表現手法很獨特，除了使用比較口語化的語言之外，也很風趣幽默，深獲不少年輕學子的喜愛。網路文學在相當程度上，反映出年輕一代處於現今社會的生活樣貌，那些關於愛情、都會生活、流行時尚，以及生活迷惘等故事，很真實地反映出日常生活裡的點點滴滴，真切反映出這個世代的時代環境氛圍與生活狀態。例如：iphone手機、ipad等3C流行產品，也會很自然地在文學作品中呈現出來。網路文學反映出我們這個時代生活的場景、生活氛圍與生活方式，非常貼近現實生活，也較容易被一般青年學子所接受。

如果文學是一面反映時代環境的鏡子，那麼它同時應該也是一面能與時俱進的雙稜鏡，一面照見時代氛圍，另一面照見每位讀者自己本身，啟發讀者思考自身的問題，並透過文學作品，獲得一種共通性情感的宣洩或心靈上的啟發，因而得到精神慰藉，這便是文學作品對人類的貢獻。

網路文學

特色	參與性高，人人可以是寫手。
	傳播速度快，範圍擴大化。
	多媒體的運用，增加圖像、動畫、音效等相結合的互動效果。
	作品充分展現個性與創意，或得到自我滿足。
	商業化途徑，出版或廣告收費。

文學改編電影舉隅

分類	例子
校園及網路愛情類	痞子蔡：《第一次親密接觸》 藤井樹：《B棟11樓》
都會生活類	九把刀：「都市恐怖病」系列。

圖解：文學概論

UNIT 9-6
多媒體創作

隨著時代的進步，文學的樣貌也日漸與其他領域相結合。例如有些年輕詩人將他的作品與音樂或舞臺劇相結合，進行表演式的朗誦，讓詩本身的表達方式更活潑且多樣化。

另外，拜現今多媒體的興盛，很多新開發的軟體都可用來製作動畫或個人化的自我介紹，文學的表現手法也更加地豐富而多樣化。例如一般人皆可利用Movie maker軟體為自我介紹剪輯一段精采又生動的影片。此外，也可利用Movie maker將自己所創作的詩、散文、小說或劇本，結合影音呈現出來，讓文學不只經由文字，也可經由影音更具體化地呈現。值得注意的是，多媒體創作雖可使文學作品更多元化地呈現，但仍不可忽略文學仍是主角這一事實，切勿造成喧賓奪主的現象。

現今社會，簡報已成為工作職場或學生報告時，最基本的技能。因此，如果能將文學作品與多媒體影音、簡報等相結合，相信能讓文學有更多樣活潑的呈現方式，進而讓更多人，更方便地接觸到文學作品，例如有聲書及PPT簡介等，從不同角度與文學作品相結合，讓文學作品的呈現方式可以更活潑而多樣化。

問題思考與單元習作

1. 請就您看過的小說改編成電影的作品，分析精采的情節以及表現手法，並分析小說與電影的差異性。談談您的觀後心得。

2. 何謂網路文學？請至少舉一例談談您曾讀過的網路文學作品，並論述它吸引您的地方。

多媒體創作

文學與多媒體	多媒體（Multimedia）指的是在電腦應用系統中，組合兩種或兩種以上媒體的一種人機互動式資訊交流和傳播媒體。
	文學作品與多媒體影音、簡報等相結合，有更多樣活潑的呈現方式，例如：有聲書及PPT簡報等。
	可利用Moviemaker將自己所創作的詩、散文、小說或劇本，結合影音呈現。
	動畫創作可使文學作品更有想像力與親和力。
	個人資訊影音化，直接呈現語言與肢體表達能力。

第 **10** 章

文學、閱讀與思考

● 章節體系架構 ▼

UNIT *10-1*　閱讀與文學創作

UNIT *10-2*　思考與文學創作

UNIT 10-1
閱讀與文學創作

圖解：文學概論

唐代詩人杜甫（712-770）曾說：「讀書破萬卷，下筆如有神。」可見閱讀與文學創作幾乎是分不開的兩件事。許多現代作家都曾經由大量閱讀而深受古典文學的薰陶，在古典文學的沃土中，開出屬於自己的嶄新風格與創作繁花，例如已故現代小說家張愛玲。另外，當代作家張曼娟（1961-，祖籍河北省，出生地臺灣臺北市木柵。）、簡媜、白先勇、楊牧（1940-，本名王靖獻，臺灣花蓮縣人）等人都因為本身有著深厚的古典文學底子，而使其作品內容更加豐富，文學的表現手法與敘述等創作技巧也多少受古典文學的啟發。

文學創作經常是一種對外在世界的觸發，很多時候透過閱讀是最快速，也是最方便汲取他人創作經驗以及生命經歷的方法。就像書法創作一樣，一位成功的書法家，在他走出自己的風格之前，必定要事先全面性地、多樣化地臨摹他人的作品，在熟悉各種字體與技法到爐火純青的地步後，最後再丟棄所有技法，生發出屬於個人獨特的創作風格。文學創作也應如此，當我們看過許許多多的古今中外文學著作後，便自然而然會內化成創作時的養分，文筆也會在淬鍊中更見純熟，日久，自能走出屬於自己的創作風格。

因此，大量且多面向的閱讀模式，幾乎是每一位文學創作者必須時時刻刻進行的一項工作。對於一位文學創作者而言，他的閱讀必須是多面向、全面性的，且在多面向的閱讀範圍中，奠定出良好的文學品味與文字創作的底蘊。多方閱讀不僅可以啟發創作者的靈感，也可以打開創作者的視野，因此，閱讀與創作幾乎是分不開的兩件事。

另外，多閱讀也可避免在創作時與別人的作品產生重複性，透過多方的閱讀，找到屬於個人的，獨特的創作方式。

真正的閱讀不應僅限於書本，除了書本以外，也應該多多閱讀生活中的人、事、物、大自然，多多閱讀山的壯闊與海的深邃，從中領略那冥冥中的力量，進而啟發自己的創作動力與靈感。閱讀不僅僅是用眼睛，也應該打開心眼，用心去感觸與體悟生活周遭中的每一件事，從身邊最熟悉的人、事、物仔細觀察與閱讀，慢慢地培養出一種細緻的閱讀習慣，養成細心觀察外在環境的敏感度。當一個人打開心眼去閱讀外在世界時，他的生命同時也是流動的，也是與外在環境相互感應、相互交涉的時刻，透過不斷地進行自我與他者的互動過程中，一個人的內外在感官會悄悄打開，日久，對於他所觀察與閱讀的人事物，自然能有一種屬於他個人的、獨特的見解，將之化成文字，即成為個人的創作風格。

至於閱讀書籍時，是否有較好的方法可依循呢？我們可以注意以下幾項要點：

一、系統性

閱讀本是一件十分享受的事，既然如此，隨興的閱讀或許可為我們帶來享受自由的樂趣，但雜亂無章的閱

讀方式，有時則容易造成事倍功半的情況。因此，最好能有系統地進行閱讀，方能有效率地吸收新知。

何謂系統性的閱讀呢？簡單地說，就是盡可能在某一段時間裡，閱讀同一類或相關領域的書。當我們閱讀一本小說時，最好從頭到尾把它讀完，並且邊讀邊作筆記，如此方能準確掌握該書之重點。當讀完一本小說時，倘若認爲該作者的作品十分令人喜愛，也應該試圖將他的所有作品找來，一一閱讀，如此對於該作家的作品及其創作風格才能有全面的認識，久而久之，自能養成品評作品的能力。因爲，當你將同一位作家的作品全數閱讀過後，對於這位作家的作品及其風格就有了較全面的認識，然後再開始讀讀別人對他作品的看法，這種閱讀方式堪稱系統性閱讀。惟有當你全面讀過一位作家的作品時，才能理性而客觀地審視別人對他作品的研究、稱讚或批評。最後，自然能產生個人的見解，日積月累，才有辦法進行相關的研究工作。因此，有系統的閱讀不僅有利於文學創作，同時也有利於文學研究工作的進行，這點不管是對於文學創作者、評論者或研究者，都是十分重要的一件事。

閱讀也應講究全面性，何謂全面性呢？也就是當我們閱讀一位作家的作品時，應該把和他有關的書及相關研究論文全都找來仔細讀過，包括文字及影音資料等，全面性地閱讀他的作品，如此才能歸納出系統性知識，對於一位作家或其作品的了解，也才不致於流於片面。例如：閱讀簡媜的《水問》和《老師的十二樣見面禮》時，讀者會發現很不一樣的簡媜。前者體現的是年少時還在校園生活時的簡媜；後者則是爲人母之後的簡媜及其對異國文化、異國教育的觀察與體悟，二者的內容與風格相去甚遠。同時，讀者也能在作品中看見作者的成長痕跡，這就是爲什麼閱讀要講究全面性的原因。

二、多樣化

多樣化的閱讀對於一位文學創作者而言，是極爲重要的一件事。因爲廣泛而多樣的閱讀，是除了旅行與想像之外，能快速打開文學創作者眼界的一種重要方法。因此，作爲一位創作者，除了要廣泛閱讀和自己相關領域的書籍之外，也應多方閱讀古今中外重要論著，廣泛汲取各種領域的知識，使其成爲創作時的養分。

三、反思

在系統性、全面性、多樣化的閱讀之後，倘若能加上經常性的反思，相信必能引發內心的感觸與體悟，幫助自己在創作時更有靈感與巧思。

關於閱讀

孔子：學而不思則罔，思而不學則殆。	
杜甫：讀書破萬卷，下筆如有神。	
蘇軾：舊書不厭百回讀，熟讀深思子自知。	
朱熹：讀書有三到，謂心到，眼到，口到。	
孫洙：熟讀唐詩三百首，不會作詩也會吟。	
翁森：好鳥枝頭亦朋友，落花水面皆文章。	
張潮：少年讀書，如隙中窺月；中年讀書，如庭中望月；老年讀書，如臺上玩月。皆以閱歷之深淺，為所得之深淺耳。	
歌德：讀一本好書，如同和一個高尚的人交談。	
愛因斯坦：閱讀是孩子最珍貴的寶藏。	

図解：文學概論

閱讀的方法

系統性	在一段時間裡閱讀同一類或相關領域的書，倘若喜愛一作者的作品，也可試圖閱讀所有作品，如此對於該作家的作品及其創作風格才能有全面的認識。
多樣化	廣泛而多樣的閱讀是除了旅行與想像之外，能快速打開文學創作者眼界的一種方法，除了要廣泛閱讀和自己相關領域的書籍之外，也應多方閱讀古今中外重要論著，汲取各種領域的知識，化為創作養分。
思考	經常性的反思能引發內心的感觸與體悟，刺激靈感與巧思。
多面向	多面向的閱讀奠定良好的文學品味與文字創作底蘊，打開的視野，用心去感觸與體悟生活周遭的每一件事，養成細心觀察外在環境的敏感度。

UNIT 10-2 思考與文學創作

《論語·為政篇》子曰：「學而不思則罔，思而不學則殆。」足見「學」與「思」並行是件十分重要的事。學習後經過思考，才能將所學的東西轉化成自己內在的體會與感悟，再經由仔細咀嚼、消化後，重新詮釋、表達，再化為創作。值得注意的是，孔子這裡所指的學習，並不是單單指書本上的知識，還包括對日常生活中人與人之間的相處之道，以及任何事物的學習。孔子是一位愛好學習的人，從他不恥下問的學習精神，便可知道他無事不學習。對於一位文學創作者而言，應該有像孔子一樣的精神，時時學習，並處處反省思考，才能經常有所進步、有所啟發。最後，這些經由生活而得到的啟發，都將變成創作時的靈感與養分。

此外，在閱讀時，也應該常常養成思考的習慣。透過思考去與書中的話語進行無聲的對話，最後，個人的生命才能不斷地獲得提升，進而有所成長。思考不僅對個人生命的成長與知識的獲得有很大的幫助，同時在文學創作上，也是不可或缺的良好習慣。透過思考，創作者不僅能與外在世界進行對話，更重要的是也能與自己的內在對話，經由反思而得到啟發與靈感，進一步呈現在其創作之中。一個不懂得思考的人就很難進步，思考與文學創作，是一體之兩面，密不可分。

問題思考與單元習作

1. 您對「閱讀」的定義是？「閱讀」、「思考」及「文學創作」之間的關係如何？
2. 請您舉一個「學」、「思」並重的例子，來說明「思考」與「學習」的重要性。

思考與文學創作

思考與文學創作	獨立思考才能創新，啟發創意。
	將所學的東西轉化成自己內在的體會與感悟，再經由仔細咀嚼、消化後，重新詮釋、表達。
	思考啟發創作，創作引發更深一層地思考。以小說為例，情節的鋪排需透過仔細思考，方能別出心裁。
	思考帶來心靈的沉澱，沉澱帶來深邃，深邃使作品具有深度。
	透過思考，創作者不僅能與外在世界進行對話，更重要的是也能與自己的內在對話，經由反思得到啟發與靈感，進一步呈現在創作之中。

文學加油站

中國古典小說之發展			
時期	類型	代表作品	簡介
魏晉南北朝	筆記小說	志人：《世說新語》（劉義慶） 志怪：《搜神記》（干寶）、《幽明錄》	1. 文言短篇。 2. 盛行志怪小說。 3. 零星記載，無完整故事結構。 4. 《世說新語》開後世說部之先河。
唐	傳奇	情愛：〈鶯鶯傳〉（元稹） 俠義：〈虬髯客傳〉（杜光庭） 神怪：〈枕中記〉（沈既濟） 倡女：〈李娃傳〉（白行簡）	1. 文言短篇。 2. 已具備短篇小說之形式，有完整的故事結構。 3. 內容豐富多樣。 4. 多為元後戲劇所取材。 5. 多保存於宋李昉所著之《太平廣記》。
宋元明	話本（平話）	長篇小說：《三國平話》 短篇小說：《三言》（馮夢龍）、《二拍》（凌濛初）	1. 白話長、短篇。 2. 話本乃說書之底本。 3. 完整具章節性。 4. 發展成章回小說。
元明清	章回小說	元明：《水滸傳》、《三國演義》、《西遊記》、《金瓶梅》 清代：《紅樓夢》、《儒林外史》、《老殘遊記》、《鏡花緣》、《孽海花》、《兒女英雄傳》、《老殘遊記》、《二十年目睹怪現狀》《官場現行記》	1. 白話長篇。 2. 以宋代話本為基礎，發展為章回小說。 3. 《聊齋誌異》為文言短篇小說。

第 11 章

文學與修辭

●●●●●●●●●●●●●●●●●●●●●●●●● 章節體系架構 ▼

UNIT *11-1*　修辭法概述

UNIT *11-2*　譬喻法的運用

UNIT *11-3*　轉化法的運用

UNIT *11-4*　象徵法的運用

UNIT *11-5*　類疊法的運用

UNIT **11-1**
修辭法概述

　　中國並沒有語用學這個專有名詞，但卻早有語用學之運用的事實。在語用學的範疇中，又以修辭法的運用最為突出，也最是靈活。何謂修辭學？修辭包含哪些範疇呢？簡言之，修辭學就是利用一些寫作技巧，諸如：比喻（或譬喻）、擬人、擬物、狀聲、摹寫、頂針（或頂真）、回文等修辭法，讓文句更富有變化性，且更加地耐人尋味，達到貼切地表情達意的目的。在文學創作時，若能善用修辭技巧，不僅能使讀者印象深刻，也能增添文章的韻味與趣味性，讓人回味再三。修辭學使文句的表達，透過一種迂迴的方式，達到含蓄的表意功能。

　　中國人的情感表達方式向來不是用直接的方式，而是多以委婉含蓄的手法來表現，營造出一種迂迴朦朧的美感。例如：在文學作品中若稱讚一位女生長得很漂亮時，如果說：「妳長得真漂亮！」當然可以。但若是改成「妳美得像朵花兒！」則文句便顯得較優雅而富有美感與想像力。這便是文學作品所營造出來的美感，這樣的美感通常較含蓄，也較耐人尋味。這便是修辭學在文學創作時的運用，對於文字的表達能力，具有畫龍點睛之功效。

修辭法概述

修辭法	利用一些寫作技巧，諸如：譬喻、轉化、借代、狀聲、摹寫、頂真、回文等修辭法，讓文句更具有變化，更耐人尋味，達到貼切地表情達意的目的。
	善用修辭技巧，不僅能使讀者印象深刻，也能增添文章的韻味與趣味。
	透過一種迂迴的方式，達到含蓄的表意功能，營造出美感。
	修辭可以活化文章，適切運用修辭，可使文章的內容生動活潑，具有畫龍點睛之效。
	修辭是表現創意的手法。

蘇軾的回文詩詞舉隅

〈捲簾·詩七絕之一〉
（回文）

→

空花落盡酒傾缸，日上山融雪漲江， 紅焙淺甌新火活，龍團小碾鬥晴窗。	窗晴鬥碾小團龍，活火新甌淺焙紅。 江漲雪融山上日，缸傾酒盡落花空。

〈捲簾・詩七絕之二〉

（回文）

→→

| 酡顏玉碗捧纖纖，亂點餘花唾碧衫，
歌咽水凝雲靜院，夢驚松雪落空岩。 | 岩空落雪松驚夢，院靜雲凝水咽歌。
衫碧唾花餘點亂，纖纖捧碗玉顏酡。 |

〈菩薩蠻・回文夏閨怨〉

| 柳庭風靜人眠晝，晝眠人靜風庭柳。
香汗薄衫涼，涼衫薄汗香。
手紅冰碗藕，藕碗冰紅手。
郎笑藕絲長，長絲藕笑郎。 |

UNIT 11-2
譬喻法的運用

圖解：文學概論

　　譬喻法（又稱比喻法）是在文學作品中常被使用的一種修辭技巧。雖然譬喻法是經常被運用的一種修辭技巧，但並不一定所有的譬喻法都運用得夠特別。使用譬喻法時，應注意以下幾項要點：

(一)**以甲比喻乙時，甲必須有某種與乙共通的明顯特質。**例如：當我們看到一位外國小男孩有對漂亮的眼睛時，忍不住讚美道：「你的眼睛藍得像海洋一樣」。用「海洋」來比喻小男孩的藍眼睛，所補捉到的便是小男孩眼睛的顏色與大海的藍具有明顯而共通的特質。所以用「他的眼睛藍得像海一樣」來比喻，便顯得頗為貼切。倘若直接敘述：「他有對藍色的眼睛」，這樣雖然也可以清楚地表達出意思，但文學性似乎較薄弱。文學作品的用語有時應避免太過口語化，像平常講話的樣子，雖然一般社會大眾的接受度可能較高，但可能也因此而缺少了文學的況味與美感。

(二)**經常將事物作聯想，思考是否有更貼切的比喻。**當我們在閱讀許多文學作品時，有時不禁讚嘆某些比喻真是太貼切了。現代散文家簡媜就是一個善用比喻且總能比喻得十分貼切而特別的作者，例如她在《天涯海角——福爾摩沙抒情誌》一書中，遙想自己的家族歷史時，曾如是寫道：「我相信大多數人跟我一樣，身世難辨。要認真追索家族歷史，猶如雨夜觀星，除了一身淅瀝，還能得到什麼？」[6]又提到：「彷彿一隻蜘蛛回到昔年海邊，尋找當年被風吹落大海的那張網般困難，我探求先祖軌跡，只得到五字訣。」[7]簡媜將追索家族歷史比喻為「如雨夜觀星，除了一身淅瀝，還能得到什麼？」這樣的比喻方式十分特別且令人驚嘆，故而形塑出一種屬於她個人獨特的敘述風格與表現手法，同時也讓她的散文更耐讀。這便是譬喻法所帶來的想像空間，運用得當，可進一步提升文學的內涵。

(三)**比喻要能新穎**

　　譬喻法尚有一重要特色，那就是新穎性。在文學創作中，就算比喻用得貼切，但不夠新穎，仍不足以構成好的比喻。至於如何創作出新穎的比喻，除了多觀察新奇的人事物之外，也應該經常訓練自己的思考能力，進行天馬行空的聯想力訓練，日久，文字的運用必能更加地純熟與精進。

6　簡媜：《天涯海角——福爾摩沙抒情誌》（臺北：聯合文學，2002年），頁8。
7　簡媜：《天涯海角——福爾摩沙抒情誌》（臺北：聯合文學，2002年），頁9。

譬喻法

譬喻	意即「借彼喻此」。凡是兩件或兩件以上的事物中有類似之點，於說話或行文時，運用「那個」有類似的事物來說明「這件」事物。
	譬喻與被譬喻的對象必須有共通之處。
	使用譬喻要有新意，不僅要貼切，還要使人耳目一新。
	由「喻體」、「喻詞」、「喻依」三者配合而成的。「喻體」是所要說明的事物主體；「喻詞」是連接喻體和喻依的語詞；「喻依」是用來比方說明此一主體的事物。

分類舉例

分類	喻體	喻詞	喻依	舉例
明喻	○	○（像、若、似、彷彿、如、猶、譬如……）	○	兩道眉毛粗黑，連眼皮上亦散布微毫，如退潮後的淺灘。（簡媜《紅嬰仔》）
暗喻	○	○（是、就是、為、乃、變成、蓋、即）	○	那河畔的金柳，是夕陽中的新娘。（徐志摩〈再別康橋〉）
略喻	○	×（以標點符號「，」代替）	○	女人心，海底針。 君子之德，風；小人之德，草。
借喻	×	×	○	斬草不除根，春風吹又生。

第11章 文學與修辭

135

UNIT 11-3
轉化法的運用

不論在寫作現代詩或散文，倘若能多運用擬人法將會使作品更出色、更生動、更富有吸引力。擬人法的運用使敘述內容更活潑生動，將日常生活中常使用到的物品，諸如桌椅、球鞋或小動物等，以擬人手法呈現，讓作品有異樣的生動感，使主角的形象更加地栩栩如生。

除了擬人法之外，尚有擬物法。擬物法就是將人比喻為物。例如：「他像一顆洩了氣的皮球。」又如「她的笑容像太陽一樣溫暖」，透過擬物讓敘述的內容更加生動而富有變化。

轉化法

轉化	在描述中將人、事、物轉變其原本的性質。
	將人擬物、將虛擬實（形象化）、將物擬人，化成另一本質截然不同的人、事、物，而加以形容敘述。

分類舉隅

分類	說明	舉例
擬人	把物當成人來描述，使物具有人的動作、行為、情感、思想等。	我見青山多嫵媚，料青山見我應如是。（辛棄疾〈賀新郎〉）
擬物	把人當物來描述。	你不妨搖曳著一頭的蓬草，不妨縱容你滿腮的苔蘚。（徐志摩〈翡冷翠的一夜〉）
形象化	以具體的事物來描寫抽象的事理。	那就折一張闊些的荷葉，包一片月光回去，回去夾在唐詩裡，扁扁地，像壓過的相思。（余光中〈滿月下〉）

UNIT 11-4
象徵法的運用

簡單地說，象徵法是一種以具體事物表達抽象情感或意象的修辭技巧。舉例來說，人的情感與對事情的感覺是無形且不可捉摸的，因此，該如何精確地傳達出當下的感受才能讓讀者有身歷其境的感覺呢？最好的方法就是用有形且具體的事物來形容，將抽象的情感化爲具體的事物，這樣的表現方式能在一開始便吸引住讀者的目光。以張愛玲的小說〈紅玫瑰與白玫瑰〉爲例，張愛玲便十分擅長運用象徵手法來描寫情感。張愛玲寫道：「也許每一個男子全都有過這樣的兩個女人，至少兩個。娶了紅玫瑰，久而久之，紅的變了牆上的一抹蚊子血，白的還是『床前明月光』；娶了白玫瑰，白的便是衣服上沾的一粒飯黏子，紅的卻是心口上一顆朱砂痣。」張愛玲藉由紅、白玫瑰、蚊子血、床前明月光、飯黏子、朱砂痣等具體事物的形象，成功地將一種無形的、難以言說的感覺，鮮明而具體地表述出來。這樣的書寫方式，留予讀者無限的想像空間。

象徵法

象徵	以具體事物表達抽象情感或意象。
	由於理性的關聯或社會的約定，透過某種意象的媒介，間接加以陳述。如：國旗象徵國家、狐狸象徵狡猾、玫瑰象徵愛情等。

特定的象徵

出處	象徵
張愛玲〈紅玫瑰與白玫瑰〉	「也許每一個男子全都有過這樣的兩個女人，至少兩個。娶了紅玫瑰，久而久之，紅的變了牆上的一抹蚊子血，白的還是『床前明月光』；娶了白玫瑰，白的便是衣服上沾的一粒飯黏子，紅的卻是心口上一顆朱砂痣。」
朱自清〈背影〉	橘子象徵父愛。
唐詩，如李商隱〈離亭賦得折楊柳〉：含煙惹霧每依依，萬緒千柳拂落暉；為報行人休盡折，半留相送半迎歸！	柳象徵離別。
斯湯達爾（Stendhal）《紅與黑》	以「紅色」與「黑色」象徵軍政勢力與教會勢力的消長。

UNIT 11-5 類疊法的運用

在文學創作中，疊字、疊詞、疊句的運用常能使文學作品的內容更具有音樂性與節奏感。特別是在創作現代詩作時，適度地運用疊字、疊詞與疊句，能使詩的韻律感在字裡行間中，自然地呈現出來。例如現代詩人席慕蓉的詩〈銅版畫〉，重複出現詩句：「若我早知就此無法把你忘記」增添文章的韻律感，同時也有一種強調的意味，帶著淡淡的懊悔與深深的懷念。又如：「讓羊齒的葉再綠、再綠」。讓整首詩讀來更有韻味，也更能顯示出現代詩的音樂性。

值得一提的是，疊字、疊詞、疊句固然能增添現代詩的特色，但就猶如兩面刃，如果使用得不恰當，反而會形成一種累贅感，甚至造成敗筆，不可不慎。

問題思考與單元習作

1. 何謂修辭技巧？在寫作上運用修辭技巧可以營造出什麼特色？
2. 請以「譬喻法」為例，寫出一段文字，並說明您的構思原則。

類疊法

分類	舉例
疊字	尋尋、覓覓、冷冷、清清、淒淒、慘慘、戚戚，乍暖還寒時候，最難將息。（李清照〈聲聲慢〉）
類字	是故無貴、無賤、無長、無少，道之所存，師之所存也。（韓愈〈師說〉）
疊句	少年不識愁味，愛上層樓，愛上層樓，為賦新詞強說愁。（辛棄疾〈醜奴兒〉）
類句	朝辭爺孃去，暮宿黃河邊。不聞爺孃喚女聲，但聞黃河流水鳴濺濺！旦辭黃河去，暮至黑山頭，不聞爺孃喚女聲，但聞燕山胡騎聲啾啾！（佚名〈木蘭詩〉）

類疊・詩詞選

唐・寒山〈疊字詩〉

獨坐常忽忽，情懷何悠悠。
山腰雲縵縵，谷口風颼颼。
猿來樹裊裊，鳥入林啾啾。
時催鬢颯颯，歲盡老惆惆。

唐・無名氏〈菩薩蠻・霏霏點點回塘雨〉

霏霏點點回塘雨，雙雙只只鴛鴦語。
灼灼野花香，依依金柳黃。
盈盈江上女，兩兩溪邊舞。
皎皎綺羅光，輕輕雲粉妝。

元・喬吉〈天淨沙・即事〉（四首其四）

鶯鶯燕燕春春，花花柳柳真真。
事事風風韻韻，
嬌嬌嫩嫩，停停當當人人。

元・王實甫〈十二月過堯民歌・別情〉

自別後遙山隱隱，更那堪遠水粼粼。
見楊柳飛綿滾滾，對桃花醉臉醺醺。
透內閣香風陣陣，掩重門暮雨紛紛。
怕黃昏忽地又黃昏，不銷魂怎地不銷魂。
新啼痕壓舊啼痕，斷腸人憶斷腸人。
今春香肌瘦幾分？縷帶寬三寸。

第11章　文學與修辭

文學與文化

章節體系架構 ▼

UNIT 12-1 文學是文化的傳播者

UNIT 12-2 文學語言與文化

UNIT 12-1
文學是文化的傳播者

本單元所欲探討的是文學與文化之間的關係如何？學者對於文學與文化的定義，歷來不一。但廣泛來說，文學是以文字記錄下來的語言，它反映所處時代的環境背景以及人們的思想、感情等內外在氛圍，文化則是人們的生活歷程與印記，是一種人文化成，與人們的日常生活具有密不可分的關係。簡言之，文化可分為精神層面、物質層面與制度層面等面向。精神層面的文化所代表的是一種經由生活習慣，自然而然內化而成的生活型態。物質層面的文化是指透過生活器物、文物等由祖先所流傳下來的寶貴歷史資產，例如書畫藝術、萬里長城、翠玉白菜玉石等，肉眼可看見的文化產物。制度層面的文化是指各種為維護社會生活秩序而建立的制度，諸如法律、經濟、婚姻制度等，都是屬於制度面的文化範疇。由以上所論可知，文學與文化各有不同的定義，而在各自不同的思維脈絡下，二者的關係又如何呢？

圖解：文學概論

一、文學是文化的傳播媒介

首先，文學是文化的傳播者，透過文字、透過文學，文化得以世世代代流傳下來，不致消亡。以臺灣的原住民為例，原住民因為沒有文字，僅有各族的語言，因此，原住民文化的流傳大多靠一代代口耳相傳，可視為一種「口傳文學」。「口傳文學」雖然也是一種文化的傳播方式，但因為不是透過文字記載，所以其準確度便值得商榷。例如：因著每位敘述者記憶與理解的不同，可能敘述的方法與內容便會有所差異，造成故事內容的不固定性。再加上近年來，城鄉距離拉近，高山上的年輕人多數遷移至大都市求學，畢業後多直接留在城市裡工作，日久，會講本族話的年輕一代便越來越少，在這樣的情況下，原住民文化的傳承面臨了岌岌可危的窘境。可見，經由文字記錄或創作而成的文學作品，肩負著文化傳承與傳播的重要任務。相對的，我們也可從一個國家的文化裡，看出一個民族文學的豐富性。文學與文化看似不同，實則互為表裡，文學反映一個國家的思想文化以及民族性，並肩負著文化傳承的任務；文化則生成文學，是文學創作題材的重要來源。

二、文學反映文化的深度與廣度

此外，文學也反映出各種文化的深度與廣度。文學可反映出一個民族的時代環境，以及人們在對應時代環境時所反映出來的思想與感情，因此透過文學作品，可看出一個國家或民族的文化特色。以《紅樓夢》為例，《紅樓夢》反映出清代上層社會王公貴族的生活樣貌。書中呈現出飲食、美學、服飾、愛情、藥草、詩詞等生活細節與王公貴族的文化氛圍，反映出中國文化中，上層社會豐厚的生活品味與豪奢的生活樣貌。因此，文學記錄並傳播一個時代某個族群的生活型態，其內容常可成為研究史料與文化傳播的材料。

文學與文化

文學與文化	文學是文化的傳播媒介：透過文學，文化得以世世代代流傳下來，不致消亡。
	文化是文學的養分：沒有文化，很難有深刻的文學作品。
	文學記錄並傳播一個時代某個族群的生活型態，其內容常可成為研究史料與文化傳播的材料。
	文學反映文化的深度與廣度：沒有文字、文學，文化的傳承不易。

臺灣獨特文化作品：眷村文學

眷村文學： 以眷村生活為題材，描寫眷村中之人、事、物、生活型態與文化，特別是老兵、榮民、榮眷、軍人與互動的閩客族群的詩歌、散文、小說與劇本等作品。		
代表作家與作品	朱天心：〈想我眷村的兄弟們〉、〈長干行〉、〈未了〉	
	朱天文：〈小畢的故事〉、〈伊甸不再〉	
	孫瑋芒：〈斫〉	
	張啟疆：〈消失的球〉	
	張大春：〈四喜憂國〉	
	愛亞：《曾經》	
	蘇偉貞：《有緣千里》、《離開同方》	

UNIT 12-2 文學語言與文化

圖解：文學概論

　　語言會反映出一個國家的文化特色及內涵，文學語言則更深層而積極地反映出一個民族的文化深度。以中國語言文字為例，一個字即代表一種文化意涵。例如：「信」字，是由「人」、「言」二字所組合而成的，意思是指一個人說話要有信用。許慎《說文解字》：「從人，從言。會意。」意思是指人言為信，因為言語乃心聲的表現，凡人說話要落實才能取信於人。一個人說出來的話，便代表你這個人給別人的感覺，因此，講話要細心、小心，盡可能說到做到，才能在與人互動時建立信用。又如：「休」字，許慎《說文解字》：「休，息止也。庥，休或從广。」「休」字由「人」、「木」二字組成，意指一個人倚靠著樹木，因此，有休息、休憩之意。由此可見，從文字裡即可讀出中國文化的智慧、特色及其思想意涵。

　　另外，語言與文化亦息息相關，不同的語言在日常互動中，也可看出一個文化的內在性格特質。以中國文化為例，當別人稱讚我們時，被稱讚者最常見的反應就是很不好意思地說：「沒有啦！哪有？其實我還有很多不足的地方。」之類的客氣話。這樣的說話習慣並不表示中國人不夠大方或太過虛偽，而是代表著中國人謙虛內斂的性格特色。在日常生活對話或文學作品的用語中，常能讀出這種特質，可見在語言中潛藏著一國之文化特色。相對於大多數西方人而言，當別人予以讚美時，被讚美者會很優雅地回應：「Thank you！」言行中透露出自信但不驕傲的文化內涵，形成東西方文化很不一樣的對比。中國人所標榜的美德是一種包容的、內斂的、含蓄的文化特色，這樣的文化特色會不知不覺地反映在日常語言之中。

問題思考與單元習作

1. 請說說文學與文化的關係為何？
2. 文學是文化的傳播者嗎？您同不同意？為什麼？除了文學以外，我們尚可藉由什麼媒介來進行文化傳播工作？試論述之。

文學語言與文化

文學語言與文化	文字與文學反映出一個國家的文化特色及內涵，文學語言則更深層而積極地反映出一個民族的文化深度。例如中國的象形文字蘊涵深厚的文化內涵。
	語言習慣反映一個民族的性格特色。
	不同時代的文學，反映不同時代的社會文化特質。

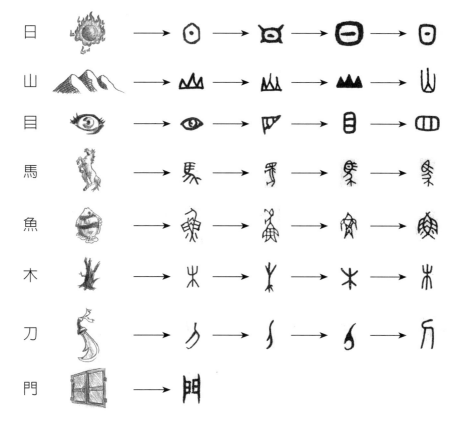

文字的演變

第 13 章

應用文學

章節體系架構 ▼

UNIT *13-1*　中國文字的特色

UNIT *13-2*　報導文學

UNIT *13-3*　新聞稿

UNIT *13-4*　廣告詞

UNIT *13-5*　傳記文學

UNIT *13-6*　演說

UNIT *13-7*　對聯

UNIT *13-8*　謎語

UNIT *13-9*　笑話

UNIT **13-1** 中國文字的特色

圖解：文學概論

中國文字有表音與表義之功能，文字本身即代表著深厚的文化特色。中國文字講究對仗，音韻和諧的語句容易引發聯想，產生平衡、對稱、和諧的美感。因此，整體而言，我們可以說中國文字具有下列幾點特色：

一、藝術性

中國文字本身在造字時，最初是依樣象形。就象形文字而言，具有圖像式的藝術之美，倘若以中國特有的書法藝術來呈現，更能展現出中國文字中濃濃的對稱性美感。這是中國文字所獨有的特性，在藝術的表現中，透顯出中國文化愛好和諧的特質。

二、表義功能

如前所述，中國文字具有表義功能。文字本身即隱含了文化特質，以及所欲傳達的意義。例如：以「水」為部首的字，大多是跟水有關。如：江、河、海、湖等，字體本身即代表了形符與聲符兩個涵義及特色，在造字時具有一定的規則，兼具表義的功能，同時也反映出中國文化中，獨特的造字藝術與文化智慧。

三、對稱性

中國文字的美感來自於文字本身的對稱性。例如：「好」字，左女右子，形成對稱性美感，同時表現出有子有女萬事足的文字意涵。又如：「昱」字，乃上下對稱，具有一種平衡的美感。「對稱性」也是中國文字獨有的特色之一，不管是左右對稱或上下對稱，所營造出來的文字美感，都是中國文字所特有的藝術性。

中國文字的特色

藝術性	中國文字造字之初是依據象形，具有直覺式、圖像式的藝術之美。 甲骨文

表義功能	隱含了文化特質以及所欲傳達的意義，反映出中國文化獨特的造字藝術與文化智慧。例如：以「水」為部首的字，大多跟水有關，如：江、河、海、湖等。
對稱性	「對稱性」也是中國文字獨有的特色之一，不管是左右對稱或上下對稱，營造出獨特的文字美感。
書法	依中國文字衍伸出的書法藝術，獨步其他文字。 ↑漢〈乙瑛碑〉　↑唐懷素〈自敘帖〉　↑元趙孟頫漢書〈汲黯傳〉　↑宋米芾〈蜀素帖〉
一字一音	單體獨音的文字發展出許多特別的文體或文字遊戲，如對聯、字謎等。

六書簡介

六書	許慎《說文解字》的定義與舉例	解釋
象形	畫成其物，隨體詰詘，日月是也	直接描摹事物的外形。
指事	視而可識，察而見意，上下是也	在象形文字上加上象徵性的符號，或者用純粹的符號表示抽象的概念。
會意	比類合宜，以見指撝，武信是也	集合兩個或兩個以上的象形字或指事字來表達一個新的意義。
形聲	以事為名，取譬相成，江河是也	形聲字用形符表示該字的意義，聲符則標明該字的讀音，表意兼標音。
轉注	建類一首，同意相受，考老是也	在同一部首之下，意義相同或相近，可以互相注釋的一組字。
假借	本無其事，依聲託事，令長是也	有音卻無文字對應，借用一個現成的同音字來表達。

UNIT 13-2
報導文學

本單元我們所要探討的問題是「什麼是報導文學？」報導文學和一般的文學有何異同？報導文學和新聞稿有何差異？專題報導如何和文學結合？報導文學具有哪些特色？

首先，報導與新聞稿不同的地方在於報導需要較長時間的追蹤並深入探討與研究相關人、事、物的發展歷程，有時需耗時數個月或一年以上。新聞稿則不同，新聞講究時效性、即時性，大多是指當天或近幾天發生的事。值得注意的是，重大而影響社會深遠的事件，可能會成為報導文學的追蹤題材，例如：「塑化劑事件」。因為對社會大眾影響極廣且深，因而值得深入報導，以提醒社會大眾注意自身健康之知識與權益。

所謂報導文學，是指以文學的寫作手法來呈現所欲報導的人、事、物。它跟文學最大的不同在於文學創作者可透過想像，天馬行空地將所欲表達的想法展現出來。報導文學則不同，它必須重視真實性，因為所報導的事件必須對社會大眾負責，因此強調事實，而僅僅保留文學寫作手法時所要注意的要點，例如：主題明確、文字流暢等，因此稱為報導文學。另外，報導文學家對於所報導的對象要負起社會責任，不僅對於被報導者要負責，也要對社會大眾負責。對於所報導的主題經常需花好幾個月的時間，深入調查並了解詳情，而當事件被報導出來後，還應進行長期追蹤，關心後續發展，並維持對被報導者一貫的關心態度。例如：《商業周刊》曾報導〈水蜜桃阿嬤的故事〉，事後也將該故事拍成紀錄片，除了可提醒社會大眾對於需要幫助的人，適時伸出援手之外，也能讓受訪者感受到來自社會的關懷與溫暖，進一步提醒社會大眾應該避免卡債及自殺等問題，及其所引發的家庭危機與對家人的傷害，這樣的報導內容，對社會大眾具有一定的警惕作用。

報導文學雖然沒有固定的格式，但在寫作時仍應注意下列幾項要點：

㈠ **主題的明確性**：報導文學的主題要明確，如此才能吸引讀者的注意力。

㈡ **結構的完整性**：報導文學的內容在一開頭是否就能吸引人？內容的陳述是否盡量貼近事實？一般而言，結構可分為：文章開頭、正文、結尾等，層次需分明。

㈢ **所報導的內容是否具有史料性、典範性**以及**價值性**：何謂史料性？史料性是指所報導的內容應具有史料價值，也就是要經得起時間的考驗，不管經歷過多久的時間，都能成為後人參考與效法的對象。如果是報導事件，那麼這件事物就應具有歷史紀念價值。例如：對臺中火車站此一古蹟的報導，這樣的議題便具有史料性價值，能讓讀者認識臺中火車站的歷史，從建築的角度而言，也具有研究與參考價值。

在每日生活中有許多大大小小的事情發生，為何有些事件值得被報導，而有些件事卻沒有被報導出來？判準的依據

何在？這些在在考驗著一位報導文學家是否具備專業性素養。因此，一位報導文學家除了肩負對被報導者，以及社會大眾的責任外，也應該對報導內容的眞實性及持續追蹤，負起社會責任，所以報導文學家要對所報導的內容負責。報導文學家因爲必須對社會大眾負責，所以他必須要有強烈的使命感，他所報導的人、事、物對社會具有高度提醒作用，希望社會大眾能關注被報導的主題，進而伸出援手或提高警覺，避免傷害、受騙。因此，好的報導文學，其內容對社會具有一定的貢獻。例如：臺灣九二一大地震發生後，有幾位年輕女生在南投縣中寮鄉發行鄉報，爲中寮鄉鄉民發聲，便是這一篇篇在地報導，在地震災難中，提供外界與中寮鄉鄉民的聯絡管道，對中寮鄉鄉民與關心災情的社會大眾，具有重要的貢獻。

報導文學

報導文學：是指以文學的寫作手法來呈現所報導的人、事、物，必須重視真實性，因為所報導的事件必須對社會大眾負責。	
特色	主題明確，結構完整。
	陳述事實。
	報導需要較長時間的追蹤，並深入探討與研究相關人事物的發展歷程。有時需耗時數個月或一年以上。
	可以人物、地理、物件、新聞事件或社會現象為中心。
	對社會大眾具有一定的呼籲與警惕作用。

報導文學舉隅

作家	代表作品
柏楊	《異域》描述1949年到1954年間，自緬甸北境撤往泰國北方，現居於泰國北部地區與緬甸、寮國交界地帶原中華民國的「孤軍」。
古蒙仁	《黑色部落》記錄臺灣偏遠地區的生活狀況，包括漁村、礦村、農村以及山地部落等。
吳新榮	《震瀛採訪錄》以臺南縣文獻委員的身分，踏遍了縣內每一角落，對臺南與嘉義地區進行達七十四次的田調而完成。

UNIT 13-3 新聞稿

何謂新聞？新聞具有即時性與時效性。因此，新聞記者在採訪與撰稿過程中通常都會有時間壓力，倘若未能掌握即時報導，新聞就變成舊聞，錯失在第一時間即讓社會大眾知道的良機。一個新聞記者必須在很短的時間內決定什麼事情是值得報導的新聞，也要在很短的時間內查明事情發生的來龍去脈與真相，讓社會大眾很快便能補捉一篇新聞的重點，並提醒社會大眾避開類似危險或問題。而有些正向的新聞，如及時救人等，不僅能彰顯人與人之間互助的美德，也具有提升社會正向能量的作用，希望社會大眾能起而效法之。因此，新聞媒體工作者倘若能多報導一些正向的新聞，久而久之，對於社會風氣一定會有正面的引導作用。人民有知的權利，所以新聞報導的內容也要掌握事件的真實性，讓社會大眾知道政府的新政策與新方針。俗話說：「秀才不出門，能知天下事。」透過報章雜誌能讓每個人即使不出門，也能了解社會脈動，進而養成關心社會動態之良好習慣。

在採訪新聞時，應注意事前需有充分的準備，相關注意事項如下：

㈠ **收集並事先研讀所有被採訪者的相關資料。** 包括文字、影音、報章雜誌、網路等，越詳細越好。惟有事先做好充分的準備，才能深入地問問題，誘發受訪者論及重要的論點，使訪談工作能事半功倍。

㈡ **規劃採訪時的方式與訪問步驟。** 在真正進入探訪前，應該事先擬好訪談大綱，提前與受訪者進行溝通，以確定訪談內容及主題。在整個訪問過程，應該尊重受訪者的隱私權，切勿為了取得新聞而不顧受訪的感受與尊嚴，甚至再次觸及其傷痛，造成二度傷害。這是採訪記者必須具備也該被嚴格要求的專業素養。

㈢ **採訪的工具準備。** 包括錄影機、錄音筆、相機等，並事先檢測工具的功能及使用方式，以確保訪談過程中，能毫無失漏地記錄所有訪談內容。以便日後進行訪談整理時，能幫助採訪記者對整個採訪內容，進行較全面的了解，使所撰寫出來的內容能更加貼近事實真相。

此外，新聞的寫作方式與一般的文學創作不同。因為新聞重視時效性，必須在很短的時間內，將消息正確無誤地傳達給社會大眾，因此其寫作手法具有新聞稿本身的獨特特色。一般來說，新聞稿的寫作形式，可分下列幾種類型：

一、正金字塔法

正金字塔法的寫作方式是指在新聞稿內容的一開頭並未直接進入所要談論的主題，而是先簡要的談及相關議題或先寫一段相關引言，然後再漸次轉入所要探討的重點，通常在新聞稿的最後一段才將新聞重點陳述出來。這樣的新聞稿內容大部分都是報導較不急迫性的議題或事件，可能只是宣傳一些藝文活動或健康、生活等資訊。

正金字塔的新聞稿寫作方式是漸層式的，也是漸進式的，就好像剝洋蔥似

地，很有層次地將真相與重點揭露出來。在閱讀的過程中，讀者也能吸收到相關知識。

二、倒金字塔法

倒金字塔法是一般新聞稿常見的寫作方式。其寫作手法可說是一針見血，也就是在新聞稿的一開頭就呈現出這則新聞的重點。

拜網路所賜，現今資訊爆炸，各方訊息快速傳播的時代，有一些重大訊息必須在第一時間就讓社會大眾接收到，特別是重大事件或頭條新聞，通常會使用倒金字塔法的寫作方式，提醒社會大眾注意相關問題與自身安全。有時在文章的結尾可結合一些醫療知識，讓民眾經由閱讀這則新聞，也能吸收重要的醫學保健知識。例如下列這則「全球最多產英婦代孕13胎」的新聞，對國外代理孕母這件事進行重點式報導，讓社會大眾能在閱讀這則新聞後，對相關主題有初步的認識與了解。

「全球最多產 英婦代孕13胎」

中時電子報
www.chinatimes.com

作者：江靜玲、王嘉源／綜合報導｜中時電子報——2012年11月17日上午5：30
中國時報【江靜玲、王嘉源／綜合報導】

全球最多產的代理孕母，據說是四十六歲的英國婦女卡洛‧赫洛克。她迄今已順利為九對夫婦產下十二名嬰孩，目前還懷有五個月身孕，但在明年四月為一對義大利夫婦產生孩子後，將正式結束代理孕母的工作。之前四十七歲英國婦女吉兒‧霍金斯，在二十年來

替人生下十名小孩後，七月間也決定退出本行業。

（編按：餘見相關報導）

三、明確而貼切的標題

新聞稿由於具有即時性與時效性，有時新聞記者想要用最快速的方式吸引讀者的目光，便會用一些比較聳動或勁爆的標題，以便吸引讀者的眼光，但有時反而因為過分聳動，而失去新聞的專業性。因此，新聞稿的標題最好明確而貼切，能讓讀者一眼便知道這則新聞所要傳達的重點，達到事半功倍之成效。如果想在第一時間即吸引讀者的目光，那麼可以用問句開頭，以引起讀者的好奇心，進而想要了解新聞稿的內容。明確而貼切的標題是一篇具有專業性的新聞稿，所應具備的特質之一。

新聞稿

特色	具有宣告大眾之目的。
	追求即時，講究時效。
	報導事件真相與來龍去脈。

新聞寫作	正金字塔法	指在內容開頭並未直接進入主題，而是先簡要的談及相關議題或先寫一段引言，然後漸次轉入所要探討的重點，通常在最後一段才將新聞重點陳述出來。
	倒金字塔法	常見的寫作方式。寫作手法是一針見血，也就是在新聞稿的一開頭即呈現出新聞的重點。
	明確而貼切的標題	快速吸引讀者的眼光，並一目瞭然。

UNIT 13-4
廣告詞

廣告詞，顧名思義就是要透過一個吸引人的詞語來達到廣告行銷目的。一般而言，廣告可分為平面廣告、影音廣告、LED廣告及網路廣告。平面廣告要注意的是廣告詞與圖案一定要相互輝映。另外，也要注意產品的名稱或logo（公司名稱標誌）要很明確地顯現出來，以免模糊焦點，才不會導致使消費者不知所廣告的產品為何的窘境，有時如果圖案已經能充分表達一切，廣告詞甚至可以省略。影音廣告因為有成本的考量，因此應事先擬定一分廣告文案，仔細規劃並考量相關細節，以達到事半功倍之成效。另外，拜網路興盛所賜，LED廣告及網路廣告（例如以Facebook張貼廣告）已成為一股新興趨勢。網路的廣告方式具有即時傳播性，只要廣告文案寫得夠吸引人，效果通常很不錯。整體而言，廣告詞應具備以下幾點特色：

一、詞語要吸引人

因為廣告詞肩負著產品的行銷目的，因此，一定要夠吸引人，而吸引人的廣告詞通常難免較誇張。例如：「它捉得住我！」（Konica軟片）。

二、風格明確

廣告的風格要明確，有時廣告詞會走溫情路線，例如：揪甘心ㄟ（全國電子）。此外，也可透過問句的方式吸引社會大眾的目光，又如：「你累了嗎？」（白馬馬力夯）。不論是可愛、溫馨或懸疑等廣告風格，都應該考慮到消費族群的心理問題。倘若廣告的對象是針對年輕族群，便應該盡可能使用貼近年輕人的廣告語，才能打動年輕人的心。而對於城鄉差距的問題，也應該列入考量，廣告詞應因應不同的地域環境及消費者的教育背景等因素而有所調整，如此才能事半功倍。例如針對比較鄉村地區推出的建案，所使用的廣告詞就不宜文謅謅，而應該盡量口語化，越貼近消費者的心理越好。例如：「金店面」、「金雞母」等廣告詞，用在鄉村地區的建案，應該比「玉璽皇宮」來得更適切。

三、善用修辭技巧

廣告詞若能多多使用修辭技巧，必能達到良好的效果，例如善用雙關語。──「好宅」（建設公司廣告），「好宅」有「豪宅」的意思，同時又有好的住宅之意，同一句詞語具有雙重涵義，深具畫龍點睛之功效。另外，在廣告詞或廣告文案中，最常使用到的修辭技巧應屬於誇飾法。廣告詞為了能在第一時間便吸引住消費者的目光，所使用的文字難免就會較誇張，目的是為了要讓消費者留下深刻的印象，進而挑起人們的購買慾。例如：「我每天只睡一個小時」（化妝品）、「讓黑的變白；讓白的變淡。」（化妝品）都運用了誇飾法。可見，廣告詞若能善用修辭技巧，定能讓文句在一開始便能吸引住消費者的目光，達到良好的行銷目的。

廣告詞

廣告詞：透過一個吸引人的詞語來達到廣告行銷目的。	
特色	有吸引力：要能在最短時間內便吸引住消費者的目光。例如：「它捉得住我！」（Konica軟片）。
	風格明確：配合商品的消費對象，不論是可愛、溫馨或懸疑等風格，都應該考慮到消費者的心理。例如：「揪甘心ㄟ！」(全國電子)。
	善用修辭：多利用修辭法，如譬喻、誇飾、雙關等，必能達到良好的效果。例如：「我每天只睡一個小時」（化妝品）。

訴求重心

感性訴求	以情感認同為導向。
理性訴求	讓消費者了解商品特徵、功能、使用方法與產品利益等。

傳記文學，顧名思義就是透過文學的表現手法來為某人立傳。一般而言，傳記文學可分以下幾類：

一、為自己立傳

由自己為自己寫傳記。為自己立傳可分為由本人書寫和由本人口述，他人代筆等方式。例如：胡適的《四十自述》、張忠謀的《張忠謀自傳》等，都是由本人所寫的傳記。讀者可透過一字一句，直接認識立傳人的成長背景、思想經驗，以及所思所感。透過作者的第一手描述，讀者對立傳人的理解，可以更直接且毫無隔閡。

另一種立傳的方式是由本人口述，他人代筆的狀況。例如曾任國立臺灣大學校長的陳維昭先生的《陳維昭回憶錄：在轉捩點上》乃由陳維昭先生口述，毛瓊英女士整理、撰寫而成。讀者一樣可以從第一手資料中，閱讀到作者的生活經歷。只不過因為是由他者代筆，相較於本人書寫會多了一層隔閡的感覺。

二、為他人立傳

為他人立傳，可分為採訪當事人，透過直接訪問、錄影、錄音的方式或收集相關資料加以閱讀後立傳。通常被立傳人已不在，再為其撰寫傳記，相對來說，比較能全面而客觀地呈現其一生的功過。一個人的思想作為有可能隨著年紀的增長及生命經歷的不同，而有不一樣的發展，因此，當一個人已不在世上，再為其立傳，較能全面評估一個人的終身表現。同時，也可透過被立傳人一生的著作及與他相關人、事、物的探訪，全面而客觀地理解一個人，讓讀者能從不同的角度來認識他。例如：陳寅恪（1890-1969）先生所作的《柳如是別傳》就是從不同角度為明末江南名妓柳如是（1618-1664）立傳，直接析論柳如是的著作，讓讀者看到柳如是才華洋溢的一面。這樣的自傳方式較為客觀，能讓讀者從另一種角度來認識被立傳人。

傳記文學

傳記文學：透過文學的表現手法來為某人立傳。	
分類：	
為自己立傳	胡適：《四十自述》、張忠謀：《張忠謀自傳》。
為他人立傳	陳寅恪：《柳如是別傳》。

文學加油站

胡適《四十自述》節選

　　我母親二十三歲做了寡婦，又是當家的後母。這種生活的痛苦，我的笨筆寫不出一萬分之一二。家中財政本不寬裕，全靠二哥在上海經營調度。大哥從小便是敗子，吸鴉片菸，賭博，錢到手就光，光了便回家打主意，見了香爐便拿出去賣，撈著錫茶壺便拿出去押。我母親幾次邀了本家長輩來，給他定下每月用費的數目。但他總不夠用，到處都欠下菸債賭債。每年除夕我家中總有一大群討債的，每人一盞燈籠，坐在大廳上不肯去。大哥早已避出去了。大廳的兩排椅子上滿滿的都是燈籠和債主。我母親走進走出，料理年夜飯，謝灶神，壓歲錢等事，只當作不曾看見這一群人。到了近半夜，快要「封門」了，我母親才走後門出去，央一位鄰舍本家到我家來，每一家債戶開發一點錢。做好做歹的，這一群討債的才一個一個提著燈籠走出去。一會兒，大哥敲門回來了。我母親從不罵他一句。並且因為是新年，她臉上從不露出一點怒色。這樣的過年，我過了六、七次。……

　　我母親的氣量大，性子好，又因為做了後母後婆，她更事事留心，事事格外容忍。大哥的女兒比我只小一歲，她的飲食衣服總是和我的一樣。我和她有小爭執，總是我吃虧，母親總是責備我，要我事事讓她。後來大嫂二嫂都生了兒子了，她們生氣時便打罵孩子來出氣，一面打，一面用尖刻有刺的話罵給別人聽。我母親只裝作不聽見。有時候，她實在忍不住了，便悄悄走出門去，或到左鄰立大嫂家去坐一會，或走後門到後鄰度嫂家去閒談。她從不和兩個嫂子吵一句嘴。

　　每個嫂子一生氣，往往十天半個月不歇，天天走進走出，板著臉，咬著嘴，打罵小孩子出氣。我母親只忍耐著，忍到實在不可再忍的一天，她也有她的法子。這一天的天明時，她便不起床，輕輕的哭一場。她不罵一個人，只哭她的丈夫，哭她自己苦命，留不住她丈夫來照管她。她先哭時，聲音很低，漸漸哭出聲來。我醒了起來勸她，她不肯住。這時候，我總聽得見前堂（二嫂住前堂東房）或後堂（大嫂住後堂西房）有一扇房門開了，一個嫂子走出房向廚房走去。不多一會，那位嫂子來敲我們的房門了。我開了房門，她走進來，捧著一碗熱茶，送到我母親床前，勸她止哭，請她喝口熱茶。我母親慢慢停住哭聲，伸手接了茶碗。那位嫂子站著勸一會，才退出去。沒有一句話提到什麼人，也沒有一個字提到這十天半個月來的氣臉，然而各人心裡明白，泡茶進來的嫂子總是那十天半個月來鬧氣的人。奇怪的很，這一哭之後，至少有一兩個月的太平清靜日子。

　　我母親待人最仁慈，最溫和，從來沒有一句傷人感情的話。但她有時候也很有剛氣，不受一點人格上的侮辱。我家五叔是個無正業的浪人，有一天在菸館裡發牢騷，說我母親家中有事總請某人幫忙，大概總有什麼好處給他。這句話傳到了我母親耳朵裡，她氣的大哭，請了幾位本家來，把五叔喊來，她當面質問他，她給了某人什麼好處。直到五叔當眾認錯賠罪，她才罷休。

　　我在我母親的教訓之下住了九年，受了她的極大極深的影響。我十四歲（其實只有十二歲零兩三個月）便離開她了，在這廣漠的人海裡獨自混了二十多年，沒有一個人管束過我。如果我學得了一絲一毫的好脾氣，如果我學得了一點點待人接物的和氣，如果我能寬恕人，體諒人，——我都得感謝我的慈母。

UNIT 13-6 演說

演說技巧的訓練，不該只是紙上談兵，舉凡學術界的研討會或演講、商場上的談判、律師或法官在專業上的表現等，都需要有良好的演說技巧作為基礎。因此，演說技巧的訓練，對職場上的溝通力有一定程度的影響。關於演說，需注意以下幾點事項：

一、事前充分的準備

演說能力有一部分是天生，有一部分則是經由後天的訓練。不管是天分或是後天的努力，要進行演說之前，事前都應該有充分準備。演說前，可先擬定文字稿，有人事先擬好逐字稿，有人則只需擬定演說大綱，不論個人的習慣如何，演講者心裡都應事先有腹稿，在演說進行時，便不致於因為太過緊張而表現失常。此外，也應多多練習，練習的方法可分為下列幾種：例如對著鏡子演說、錄音、錄影、請他人指正等。服裝的準備則需考量演說當天的場合與對象，依照不同的場合及聽講者的身分背景，適度地調整服裝，以增加親和力。例如：當面對國小小朋友演講時，可以視情況穿著較輕鬆可愛的服裝，會比西裝筆挺來得更具有親和力。另外，演講當天也應該提早到達會場，事先準備並測試影音器材，並可先熟悉環境，在演講前，與聽講者閒話家常，可適度降低緊張感，才能讓自己在演說時，發揮最大的實力。

二、穩健的臺風

俗話說得好：「臺上十分鐘，臺下十年功。」事前準備得越充分，上臺演說時的緊張度就會降到最低。在演說時，穩健的臺風是首要條件，但應如何才能做到呢？首先，當上臺時，無論有多緊張，講話的聲量都要夠大，讓會場最後一排的人，都能清楚聽到演講者的聲音。聲音夠大的話，才能給人一種很有自信的感覺，但信心不是空有自信就能得到，紮實的信心來自於事前不斷地努力練習，當我們練習到熟能生巧的地步，自然能散發出穩健的臺風。一個演講者倘若擁有穩健的臺風，則他的演講即可算是成功了一大半。

三、口齒表達清晰

好的演說者，口齒的表達要能清晰，一字一句都能讓聽眾聽得清清楚楚，正確無誤地傳達所思所感，才能達到最佳的演講效果。演說者口齒表達清晰，講話抑揚頓挫，便能準確地傳達講述內容，達到雙向溝通的目的，同時也能讓聽者很快地捉住演說內容的重點，達到良好的演說效果。

四、開場白

好的開場白能在第一時間便抓住聽眾的注意力。一場精采的演說少不了一小段貼切的開場白，一般而言，開場白所占的時間不宜太長，大約3-5分鐘即可。開場白可有以下幾種方式

㈠ 故事法

不論大人或小孩，每個人都喜歡聽故事，因此，當進行一場演講時，如果開

場白能以一則和演說主題或內容相關的故事爲起頭，相信能在第一時間便吸引住聽眾的注意力，然後適時地結束故事，將話鋒轉入演講主題，讓開場白所說的故事與演講內容相接合，以達到相連無間、一氣呵成的效果。

(二) 問題法

在演說一個主題之前，先問一至兩個和演講主題相關的問題作爲開場白，透過問題，便能很快地讓聽眾集中注意力。如果聽眾能順利回答問題，則正好能與聽眾之間開始良好的互動，倘若無人能回答問題，也可直接讓聽者帶著尋找答案的好奇心，切入主題，期待在聽講過程中，經由演講者的演說，予以解答。「問題法」的開場白十分適用於講解知識性議題時的演說，例如：當我們進行一場以「張愛玲小說風格及其特色」爲題的演講時，即可在開場白問道：「什麼是小說？小說的構成要素是什麼？」等較專業性的問題。或者也可問：「你最喜歡的一篇（部）小說是？它最吸引你的情節是？」這種與聽眾切身相關，但又與演講內容相貼切的問題，如果運用得宜，便能很快吸引住聽講者的注意力，提升演說的成效。

(三) 圖片法

以一張圖片爲開場白也能在一開始便吸引住聽眾的目光，所選的圖片最好與演說的內容互相搭配，才能達到連貫性效果。例如：演講的主題是與環境保護有關，那麼演講者便可拍一張在建築物外部植種綠色植物的圖片，這樣的圖片不僅能吸引聽者的注意力，也能與環保主題相配合。

(四) 影音法

在演說的一開始，如能挑選一段三一五分鐘的影音，且影音內容與演說主題相關，如此必能在一開始便吸引住聽眾的目光及注意力。例如：演說議題是跟農民生活有關，這時若能挑選一支合適的影片，便能順利帶入主題。以臺灣爲例，可挑選〈無米樂〉紀錄片，則能讓聽眾透過影音認識臺灣農民生活的眞實樣貌，同時也能帶動演說前的氣氛。

(五) 自我介紹法

「自我介紹法」是較常見的一種開場白方式，這樣的開場白方式顯得比較稀鬆平常，除非演說者以一種幽默風趣的方式來自我介紹，否則容易讓人感覺平凡無奇、缺乏創意。因此，除非不得已，否則避免以此爲開場白。

(六) 實物分享法

在開場白時，若能直接將與演說內容相關的實物帶到講堂上，在演說前即先拿出相關實物給聽眾傳閱，不僅能很快地吸引住聽眾的注意力，也能引起聽眾對演說主題與內容的強烈興趣，對於整個演說表現具有加分效果。例如：演說內容是有關創意的主題，倘若能在開場白時，拿出一個富有創意設計的產品，並直接就實物切入論述「何謂創意？」相信一定能吸引聽眾的目光。此外，「實物分享法」還有一個好處，那就是能讓聽眾藉由直接接觸實物而產生好奇心，可說是一種十分具有吸引力與說服力的開場白方式。

(七) 講笑話

如果能講一則跟演講主題相關的笑話作爲開場白，不僅能在第一時間拉近

與聽眾的距離，也能調合演講現場的氣氛。當現場氣氛融洽時，自能讓演說者放鬆心情，也能增進演說效果。

五、精采逗趣的內容

不論開場白有多精采，最重要的是演說的內容要夠豐富、逗趣，如此才能吸引聽眾的注意力。好的演說有時就像寫一篇文章或唱一首歌，內容要有層次感，且要不時安排精采橋段，不斷創造亮點，使聽者情緒隨之起伏，讓整場演說毫無冷場，如此便算是一場成功的演說。

六、美好的結尾

一場精采的演說，除了內容要夠吸引人之外，也要有個完美結尾，使聽者聽完後，有一種意猶未盡的感覺。美好的結尾，可分為下列幾種：

㈠ 以一首詩或一句名言佳句作總結

演說的結尾如能以一首詩或一句名言佳句作總結，不僅能讓整場演說更精采，也能讓聽者印象深刻。而所挑選的結尾內容，應該要能與演說主題相搭配。

㈡ 以一首歌的歌名或歌詞作總結

以一首歌的歌名或一句歌詞作結束，讓整場演說有一個簡潔有力的結尾，將聽眾的心緒停留在最美好的狀態，使整場演說達到良好的成效。

㈢ 以一段勵志性的話語作總結

在學校畢業典禮演說時，或對年紀較輕的青少年演說時，可用一段勵志性話語當作結尾，不僅強而有力，也能多少達到鼓勵年輕人奮發向上的目的，也能與演講場合相互輝映。

㈣ 以一則笑話作總結

在演說的結尾，倘若能以一則笑話作總結，除了可將聽眾的心緒與精神持續到最後，也能讓聽者對這場演說留下深刻而愉快的印象。

演說

注意要項	一、事前充分的準備
	二、穩健的臺風
	三、口齒表達清晰
	四、吸引人的開場白： 　　1. 故事法 　　2. 問題法 　　3. 圖片法 　　4. 影音法 　　5. 自我介紹法 　　6. 實物分享法 　　7. 笑話
	五、內容豐富有趣
	六、美好的結尾

UNIT 13-7
對聯

圖解：文學概論

對聯又稱對子、楹聯。談到對聯便讓人想到，中國人在農曆春節時，家家戶戶必貼的春聯。貼春聯的歷史由來已久，在宋代時，相傳由於皇上喜歡創作對聯，便常與大臣們對對聯。有一年過年，皇上下令眾大臣們在大年初一當天一早要將自己最新創作的對聯貼在自家門口，當天皇上微服出巡，欣賞眾大臣們的對聯，樂不思蜀。後來，大臣們知道皇上喜歡對聯，一時蔚為風氣，爭相在自家門口貼對聯，久而久之，民眾也起而效法，最後便成為一種春節的娛樂活動，形成一股社會風氣，再加上中國人對於紅色有種特別的偏好，認為紅色代表喜氣與好運的象徵，因此紛紛以紅色的紙來寫對聯，在除夕當天貼在自家門口，增添喜色。日久便已變成一種中國文化中，特有的民間習俗與藝術活動。可見對聯這種文字藝術已與中國文化及民間生活密切結合。

宋代的人喜好對聯，除了帝王提倡外，同時也因為當時的童蒙教育十分重視對聯習作。小孩子一入私塾學習時，除了學習記誦《千家詩》、《三字經》等文本外，也要學習對對子。例如天對地；日對月；風對雲等。對聯的優點是文字精省、使用普遍、可以自由創作。古人經常幾位朋友一起到郊外遊覽，看到美麗的風景，興之所至便開始你一言、我一句地對對聯，用以紀念當時的風景與心境。另外也可體現出中國特有的文字藝術與文化精神，並可與書法藝術與教學應用相配合。對聯的字數的多寡並無特別的限制，只要對得好，便可為佳作。

對聯的形式基本上來自於唐代的律詩，有詩句、散句、長短不拘，短聯、長聯都有，例如雲南昆明大觀樓長聯，一共有一百八十個字，號稱「天下第一長聯」。對聯在創作上有其自由度，並且可因應不同的行業與場合，進行對聯創作，讓對聯不僅僅具有藝術性，也兼具實用性。例如用於商業性對聯的有：「生意興隆通四海；財源茂盛達三江。」又如「細瘦而不乾癟，豐腴而不臃腫；減一分則太瘦，增一分則太肥」（美容業），可見對聯有其實用性價值。同時，透過對聯亦能展現出中國文字中的對稱性美感與字裡行間的音韻之美。

對聯是中國文化特有的一門藝術，因為跟春節及各類節慶活動相結合，長久流傳下來，已成為一門民間傳統文化藝術。一般來說，創作對聯時，需注意以下幾項要領：

一、講究對偶

所謂對偶是指對聯的上下聯詞性要相對，名詞對名詞，動詞對動詞，量詞對量詞，形成一種詞性相對的對稱性美感。例如：「春風大雅能容物，秋水文章不染塵。」「春風」對「秋水」；「能容物」對「不染塵」。又如：「天增歲月人增壽，春滿乾坤福滿門」。「天增歲月」對「春滿乾坤」；「人增壽」對「福滿門」，也是詞性相對的對偶關係。在欣賞對聯時，可注意對偶所產生的異趣之外，在

創作對聯時，對偶更是不可忽略的寫作準則。在音韻方面，疊字對疊字、雙聲對雙聲，而且相對的詞必須在相同的位置上，形成一種協調性的美感。

二、講究平仄

對聯講究平仄，上聯的最末字是仄聲，下聯的最末字是平聲。例如：「天泰地泰三陽泰，人和事和萬事和。」上聯的最末字「泰」是仄聲，下聯的最末字「和」是平聲。句中的平仄規律為「一、三、五不論，二、四、六分明。」原因在於每句的二、四、六字在節奏點上，因此必須注意其平仄相對。平仄讓對聯的句子在朗讀時，更具有韻律感，這也是中國文字的特色之一，也讓對聯更具有音韻之美。

三、字數相對，句型相同

雖然對聯的字數並無特定的限制，但在創作對聯時，要注意上聯與下聯的字數要一樣，上聯是四個字，下聯也要是四個字，上聯是七個字，下聯也要是七個字。讓上下句的字數都相同，是對聯的基本法則。

自古以來，對聯便是文人雅士的一門生活藝術。對聯的種類有：音義雙關對、疊字對、隱字對、回文對、行業對等，內容豐富而多樣化。比較可惜的是，現代人似乎已較少進行這門別具風雅的藝術活動，大部分只能在春節慶典書法活動中，看到創作對聯的比賽，也可以見到家家戶戶貼上春聯。若能掌握對聯的特色，便可以運用在語文教學上，在教學過程中，適時地進行對聯創作活動，除了可讓本國學生「寓教於樂」外，也能讓中高級程度的華語學習者，透過對聯的學習與創作活動，進一步認識中國文字獨特的藝術之美。

四、優美而精練的文字

對聯的文體不拘，但文字要盡量講求優美，措辭要得體合宜，詞語力求雅致，不落俗套。對聯的字句雖然簡短，但上下聯的文字、內容要相關，使上下句的文意能互相銜接。此外，由於對聯的字數不多，故其中的字句應避免重複，且要有精練的語句與創新的立意，充分表情達意。對聯的內容最好與環境或場所所要營造的氣氛相一致，且要緊扣主題，才能讓讀者留下深刻的印象與想像空間。

對聯

創作要領	講究對偶：字數相同，上下聯相對應的字詞詞性要相對，名詞對名詞，動詞對動詞，量詞對量詞，形成詞性的對稱美感。
	講究平仄：上聯的最末字是仄聲，下聯的最末字是平聲。
	句型相同，文意搭配：上下聯的句型必須相同，斷句一樣。意思上可以相同也可以相反，但必須相互搭配。
	文字精練優美：文字講求優美，措辭要得體合宜，詞語力求雅致，不落俗套。

「絕對」舉隅

上聯	下聯
琴瑟琵琶，八大王一般頭面	魑魅魍魎，四小鬼各自肚腸
三光日月星	四詩風雅頌
水冷酒，一點水，二點水，三點水	丁香花，百字頭，千字頭，萬字頭
上海自來水來自海上	中山諸羅茶羅諸山中

（鄭淑娟攝於　中國福建省武夷山市五夫鎮　宋儒　劉氏家祠　2014 年 7 月）

UNIT 13-8 謎語

「謎語」代表漢文化特有的文字藝術。漢字字形特殊，不僅具有藝術性，同時也有表音、表義的功能，例如諧音雙關。中國文字分開來看，字字獨立，大多能獨立成文、成義，但合起來也能成義，涵義深遠，深富變化。例如：「仁」字，拆開來，「人」與「二」皆可獨立成文，但合起來也能成文成義。中國文字的構造本身就隱含深刻的哲思與文意意涵，例如孔子提倡的「仁」，即是指始終要注意人我之間的關係。因為是「二人」，表示人不可能脫離群體而獨居。中國人重視人我互動，也很重視在人我互動時，自己的本位與分際，一個簡單的「仁」字，便已包含了中國儒家深刻的日常倫理及其文化哲思。

「謎語」是中國特有的一種文化特色與文化資產，也是民間節慶中常見的一種娛樂活動。「謎語」包含「謎面」與「謎底」，關於「謎語」的由來，有一說認為是古代商人在元宵節賣燈籠，為了要讓民眾多停留一些時間在燈籠上，於是，便將「謎語」寫在燈籠的外部，來達到行銷的作用。後來漸漸變成一種全國性的文藝活動，不僅文人雅士愛猜燈謎，一般市井小民也熱衷於此一活動。

從古至今，「謎語」都是一門廣為社會大眾喜愛的民俗活動，直到目前為止，臺灣地區在元宵節的慶典活動中，仍常見猜燈謎活動，這樣的活動不僅能增添地方人文氣息，透過此一活動，也能為節慶聚攏人氣，達到寓教於樂的效果。

此外，「謎語」的「謎面」如果能配合節慶活動的主題，則將讓活動更具特色。例如：如果是在過年期間舉辦猜謎活動，那麼，「謎面」與「謎底」的設計可以以過年節慶、團圓、平安等字義進行思考及創作，達到與節慶相互輝映的效果。至於「謎面」的設計則考驗著設題人的智慧與學識內涵，在設題時，除了需因應活動主題或各行各業特色外，設題者本身尚須具備廣博的學識與靈活的巧思，隨時吸收新知，經常練習設題與猜題，如此才能精益求精，求新求變。此外，「謎面」既要與「謎底」的漢字緊密扣合，又得盡可能偏離真正所指的對象，營造出好像與謎底無關的氛圍，才不會一下就被猜出來，失去猜謎的樂趣。例如：「謎面」是「三人騎牛牛無角」；「草木之中有一人」（猜二字），「謎底」是「奉茶」，此一命題即是透過「謎面」將幾個字合成一字。另外，通常「謎面」不能有與「謎底」相同的字樣，例如：「謎面」是「旅途平安」，「謎底」則不可為「安達」，因為「安」字與「謎面」重複了。除非事先說明是「露春格」。「露春格」是指在設題時，即事先說明使用「露春格」，如此「謎面」才能破例與「謎底」有相同的字，這是在設「謎面」時要特別注意的規則。

漢字的合體字多由兩個或兩個以上的偏旁所組成，例如「淼」字是由三個「水」集合而成，又如「解」字是

由「角」、「刀」、「牛」所組成的。「謎面」是「不知我者，謂我何求」，「謎底」是「悟吾心」即為離合字。離合字的偏旁多可視為獨立字，不管是「合體字」或「離合字」都是製作謎語時，可靈活運用的文字特色。另外也有所謂「扣典」的用法，也就是「謎面」在設題時，即扣緊典故，使其具有文學性，又同時具有趣味性。如：「豬八戒照鏡子」，「謎底」是「裡外不是人」，便是扣緊《西遊記》中的典故，豬八戒此一人物。

「謎語」反映一個民族的文化水準與生活樣貌，它除了在節慶時有炒熱氣氛的效果外，也能呈現出各行各業的精髓，讓參與者藉由「猜謎」活動更深入了解各行各業以及民間生活的特色。因此，「謎語」是促進文化進步與交流的良好媒介，並且是雅俗共賞的民俗活動。謎語是中國人特有的一種文化活動，它可展現中國語言文化的豐富性，也可展現出中國文字雅俗共賞的特質。倘若能適度地將之運用於對外華語教學活動中，實亦不失為寓教於樂之良方，更能進一步讓華語學習者透過語言文字的變化運用，進一步了解中國文化的精髓及其豐厚的底蘊。

圖解：文學概論

謎語

特色及創作	「謎語」表彰中國文字藝術。漢字單體獨音，兼具表音、表義的功能，適合文字遊戲。
	「謎語」包含「謎面」與「謎底」，設計上可以配合節慶或因應時空要素。
	要有一定難度，才不致失去猜謎的樂趣。
	民間節慶常見的一種娛樂活動：元宵猜燈謎。

謎語舉隅

類別	謎面	謎底
字謎	三人騎牛牛無角；草木之中有一人。（猜二字）	奉茶
成語	蟠桃宴。(猜一成語)	聚精會神
典故	曹操吃雞肋。（猜一句話）	食之無謂，棄之可惜
物品	莫用小人。（猜一中藥）	使君子

UNIT 13-9
笑話

中國最有名的笑話書集大成，是清代署名「游戲主人」所編集的《笑林廣記》。《笑林廣記》收錄許多好笑的笑話。此一笑話集，用語風趣幽默，文字簡練，有些雖具有濃厚的諷刺意味，但整體而言，內容頗能反映社會風氣與人民生活之脈動，除了當笑話看外，也是研究明清社會文化很好的參考材料。

在創作笑話時，要安排笑點（以今人用語，俗稱「梗」），而安排笑點有幾項值得注意的技巧。其撰寫原則如下：

一、內容的陳述與事實反差大

在撰寫「笑話」時，首先要從第一句就開始鋪排，最後帶出意想不到的結果，其中好笑的一點是結果與事實反差太大，造成強烈的誇張效果，因而覺得好笑。從日常語言運用的角度來看，通常我們使用反語時，就會有意料之外的幽默效果。因此，當我們在創作笑話時，若能運用與事實反差很大的敘述方式，造成誇張而不合邏輯的效果，常能製造出笑點。例如：同學好奇地問：「老師，請問您幾歲？」老師回答：「我……十八。」（但明明這位老師看起來已經過了十八歲很久了）。因為不符合事實，而意外製造出笑點。

二、使用當前最流行的話題、廣告或時勢新聞為題材

在創作笑話時，若能多與流行話題或時勢新聞做結合，則常會帶來意料之外的笑果，讀者讀來也會覺得很有親切感。例如老師問：「同學！請問將來有一天，你成為計程車司機的話，最常跟乘客閒聊的一句話會是什麼？」學生回答：「到了叫我。」（白馬馬力夯的廣告詞）。

三、製造讓人出乎意料之外的結局

通常人們在聽故事時，常會對接下去的情節有所想像或預先期待，因此，在講述笑話時，倘若能製造出令人出乎意料之外的結局，笑果便會潛藏其中。例如：甲與乙是兩位常聚在一起說說笑笑的好朋友。

有一天，甲看到乙時，讚美道：「妳今天穿的這件衣服，真好看！」

乙回答：「謝謝！（高興狀）」

但，甲接著馬上說：「可惜穿在妳身上。」

乙：「……。」

因為乙並未料到甲的回答會與前面的讚美落差那麼大，因而造成意料之外的笑果。

四、要有主題性

主題性是指在創作笑話時，也應該像其他文體的寫作方式一樣，必須要有一個明確的方向或主題，如此整則笑話的創作才有其內在的邏輯性，使故事敘述能前後連貫，形成一個故事的新結構，在故事性上再製造出一些笑果，而造成笑話。另外，也可透過衝突來製造

笑果，例如可運用「雙關語」等修辭技巧，來製造諧音聯想。

一個出乎意料之外的敘述，也會帶來意想不到的笑點。例如主題是關於「狗」：

有一位男士跟女友約會遲到了。

女友疾言厲色道：「像你這種不守時的男人，只有狗才會愛你～」

男士說：「我剛剛去辦事情，剛繼承了兩千萬的遺產。」

女友叫道：「汪汪！汪汪！」[8]

全篇的笑點在於以狗及其叫聲，貫串全文。

五、借用典故

借用典故是指故事的內容與某個典故有關，例如：有天，陳老師開車帶學生出遊，一出校門口，無意間看見山頭間美麗的濃霧，勾起了浪漫的情懷，開心地說：「你們看！起霧了耶！不是我愛說，埔里的山色真是太美了！我真想從此隱居埔里山間，過著山居哲人的恬淡生活。不過，會不會因為太過不食人間煙火而餓死呢？」

某生回答：「就像伯夷叔齊，餓死於『首陽山』嗎？」

陳老師道：「不！不！不！應該是餓死於『虎頭山』吧?!」（埔里有座虎頭山）

某生：「不會那麼慘啦！老師！我會三不五時，幫妳送送便當……，我吃不完的便當。」

陳老師：「……。」

笑話可說是我們生活中的調味劑，而幽默則是笑話的靈魂。很多人認為幽默是一種感覺，但其實它只是人與人之間相處時的一種交流方式。一個有幽默感的人，常能使人與人間的交流變得妙趣橫生，意味深長，在彼此說說笑笑之間，不僅能消除生活壓力，也能消除人與人之間的陌生感與緊張氣氛。因此，適度地運用笑話，必定有助於我們的人際關係。

笑話的閱讀、分享與練習，不僅十分有趣，也能有效地讓華語學習者練習聽、說、讀、寫等學習技巧，在趣味中，學習華語文及其運用方式，寓教於樂，相信定能事半功倍，達到良好的學習方法與教學成效。

問題思考與單元習作

1. 請問對聯有哪些特色？請依這些特色原則，以您個人的姓名創作一幅對聯，上下聯分別至少要在四個字以上。
2. 請分享（或創作）一則您聽過的笑話，並分析它的寫作技巧。

圖解：文學概論

　8　參見Facebook「每日一笑」笑話分享。

笑話

創作技巧	內容的陳述與事實反差大
	使用當前最流行的話題、廣告或時勢新聞為題材
	製造讓人出乎意料之外的結局
	要有主題性
	借用典故

文學小辭典

《笑林廣記》簡介

清‧游戲主人編集，中國古代笑話集。全書共分十二部，一古艷（官職科名等）、二腐流、三術業、四形體、五殊稟（癡呆善忘等）、六閨風、七世諱（幫閒娼優等）、八僧道、九貪吝、十貧窶、十一譏刺、十二謬誤。多取材自明清時之笑話，葷辛不忌，短小精悍。

例：
僭稱呼

　　一家父子僮僕，專說大話，每每以朝廷名色自呼。一日，友人來望，其父出外，遇其長子，曰：「父王駕出了。」問及令堂，次子又云：「娘娘在後花園飲宴。」友見說話僭分，含怒而去。途遇其父，乃述其子之言告之。父曰：「是誰說的？」僕在後云：「這是太子與庶子說的。」其友愈惱，扭僕便打。其父忙勸曰：「卿家弗惱，看寡人面上。」

第 **14** 章

文學評論

●●●●●●●●●●●●●●●●●●●●●●●●● 章節體系架構

UNIT *14-1*　何謂文學評論
UNIT *14-2*　讀者與作品評論
UNIT *14-3*　作品、作者與文學評論

UNIT 14-1
何謂文學評論

何謂文學評論？文學評論與文學批評有何不同？有人將評論文學作品的人稱為文學批評家。然而，「批評」二字，較容易讓人有負面的聯想，因此，本單元將從文學評論的角度來探討文學作品的審閱與賞析。一如所有的藝術評論家一般，文學作品也不乏有評論者，作為一個文學評論者，除了本身要有深厚的文學素養之外，也應該廣泛閱讀被評論者的相關著作，如此所寫出來的評論才能全面而客觀，並且具有一定的深度。

整體而論，一位文學評論家，需具備下列幾點特質：

一、廣泛的閱讀習慣

一位稱職的文學評論家，其本身要有廣泛的閱讀習慣，從廣泛的閱讀中，透過多方比較與全面省察，才能形成自己的評論風格。一個書看得不夠多的人，並未能全面接觸到各類型的作品，就像一個旅行家，在他尚未看過世上最美麗、最奇特的風景之前，如何評論世界各個景點的特色呢？文學作品更是如此。在浩瀚的書海中，作品不免良莠不齊，因此，一位稱職的文學評論家，應該將經典與次要作品統統仔細閱讀過，積累出一定的閱讀品味，日久自能形成自己的文學鑑賞力。一個文學評論家的出現，絕不是一蹴可及的，乃需經過長時間的培養，方能成就。

二、敏銳的觀察力

不論是文學創作者或文學評論家，都必須具備敏銳的觀察力。因為敏銳的觀察力會幫助一位文學評論者看見別人所看不到的細節，進而累積出自己獨特的觀點。一如北宋理學家程顥的〈秋日偶成〉詩句：「萬物靜觀皆自得，四時佳興與人同。」在靜靜的觀察與品味中，文學作品的優劣自然能呈現出來。

三、客觀而審慎的評論態度

一位文學評論家最基本的態度，就是要具備客觀而審慎的評論態度。客觀來自於先捨棄個人的好惡，回歸純粹的文學欣賞角度來進行評論，而審慎的評論態度則源自於嚴謹的專業素養。一個有責任感的文學評論家，會先將個人的好惡放置一旁，而用一種客觀、審慎的評論態度來面對他所評論的作品，絕不會為了批評而批評，而是直接舉文章的例子，以實例探討的方式來進行分析與評論，給予讀者審慎而客觀的感覺，如此，方能成為令人信任的文學評論家。

文學作品猶如一件藝術品，既是藝術品就不可避免會各有喜好。一位文學評論家很難不被個人喜好所影響。因此，如果能有專業素養作為基礎，或評論者本身也具有文學創作經驗，那麼必能幫助他更客觀而專業地進行文學評論。

文學評論

文學評論是對文學作品的研究、解析與評價。文學評論並非為批評而批評，而是客觀分析作品的特色與待改進之處，給予讀者參考價值。

文學評論家應具備的特質	廣泛的閱讀：透過多方比較與全面省察，以形成自己的評論風格。劉勰：「凡操千曲而後曉聲，觀千劍而後識器。故圓照之象，務先博觀。」
	敏銳的觀察力：看見別人所看不到的細節，進而累積出自己獨特的觀點。
	客觀而審慎的評論態度：客觀來自於先捨棄個人的好惡，回歸純粹的文學欣賞角度來進行評論，而審慎的評論態度則源自於嚴謹的專業素養。

文學小辭典

《文心雕龍》簡介
1. 南朝齊·劉勰著，是中國第一部有系統的文學理論與評論巨著，體大慮周，歷久彌新。
2. 共十卷五十篇，最後一篇〈序志〉說明創作目的和全書架構，依〈序志〉所提，全書可分為三大部分：一是〈原道〉至〈辨騷〉五篇為「文之樞紐」；二是〈明詩〉至〈書記〉二十篇為「論文敘筆」；三是〈神思〉至〈程器〉二十四篇為「割情析采」。根據《文心雕龍》的結構體系，大致可以從「文之樞紐」、「論文敘筆」、創作論以及文學評論四個面向解讀。

文學評論家夏志清《中國現代小說史》的評論舉隅	錢鍾書的《圍城》	是「中國近代文學中最有趣、最用心經營的小說，可能是最偉大的一部」。
	白先勇的《臺北人》	有如一部民國史。
	張愛玲的《金鎖記》	是「中國從古以來最偉大的中篇小說」。

UNIT **14-2**
讀者與作品評論

通常一個作品在完成的當刻，便有了它自身的生命。因此，倘若從這個角度來看，讀者可從自己的角度來解讀文學作品的內容，而不一定要完全符合作者的創作意圖。這樣的作品評論方式或許不盡然為作者所認同，但卻予以讀者和作品之間，更客觀而寬廣的視野。讀者可以從個人的喜好或較有感觸的角度切入，來提出對作品的評論。以一本小說為例，同一本小說，每個人所喜歡的情節各有不同。有些人是因為故事情節與自己切身經驗相似，因而對於某個段落特別有感觸；有的人則是對於作者所描寫的某段文字較有體會，因而認為那個段落對他有所啟發。如此的評論雖未必全部能達到專業評論的程度，但卻能重新賦予作品新生命，而讓文學評論猶如繁花般盛放。

從讀者的角度進行文學評論，所觸及的範圍較廣，其中包含社會學、心理學、認知學等角度，評論的角度可以更多元化，這樣多元化的評論角度，相信能多少刺激讀者有進一步去閱讀被評論者的衝動，從某種角度而言，亦是一種貢獻。

讀者與作品評論

讀者與作品評論	作品在完成的當刻，便有了自己的生命。讀者可從自己的角度來解讀文學作品，不一定要完全符合作者的創作意圖。
	讀者可以從個人的喜好或較有感觸的角度切入，來提出對作品的評論。
	從讀者的角度進行文學評論可以更多元化，包含社會學、心理學、認知學等角度。

文學小辭典

明·金聖歎評定六大才子書：
第一才子書：《莊子》，莊子著，子書。
第二才子書：《離騷》，屈原著，楚辭。
第三才子書：《史記》，司馬遷著，史書。
第四才子書：《杜甫詩》，杜甫著，詩。
第五才子書：《水滸傳》，施耐庵著，小說。
第六才子書：《西廂記》，王實甫著，戲曲。

作品、作者與文學評論

有時若能撇開作者與讀者的角度，純粹就作品本身來進行評論，則相信能更客觀地就作品的情節發展、書寫方式、表現手法以及人物的性格特色等，進行客觀而開放的評論。文學作品一旦被完成時，便成為一個獨立而完整的藝術品。因此，讀者不一定要考慮到作者，有時只須就作品本身進行評論，便能還予作品眞實的樣貌。

然而在評論作品時，從某些角度切入，有時很難完全撇開作者，將作品獨立出來做評論。因為作品會呈現出作者的創作意圖、成長背景、生活經驗、寫作技巧等痕跡。因此，作者與作品的關係有時很難被完全切割。以下即就上述幾個角度來加以論述：

一、創作意圖

作者在創作一部作品時，常會不自覺地將他個人的思想與情感融入作品中，因此，每部作品背後都隱含著作者的創作意圖。究竟作者所要透過作品表達出來的中心想法是什麼？以唐人小說〈韋固〉的故事為例。作者即有意透過這篇小說來反映並諷刺唐人注重門當戶對的婚姻觀。同時，作者也創造了月下老人這位虛構人物，透過月下老人的形象來反映「姻緣天注定」的宿命觀，將二者放在一起，形成強烈的對比。另外，作者也透過主人翁韋固的態度來反映人們在面對外在困境時，那種不願向命運低頭，試圖以一己之力來改變命運的決心與毅力。

二、成長背景

一個人的成長背景與成長痕跡會不知不覺地在其言行之間顯現出來。同樣地，在文學作品中，我們也或多或少間接看到作者成長背景的痕跡。以黃春明先生的作品為例，作者早期的作品多描寫鄉下小人物的生活樣貌，這樣的創作題材與其自幼生長於民風純樸的宜蘭，以及成長過程中，曾經在鄉下度過一段時間，多少有著直接或間接的關係。成長背景將養成我們對環境的觀察力與感悟力，因為成長於鄉村，對鄉村的風情與生活習俗，自然有一番深刻的體悟。因此，當我們在評論作品時，常不能忽略作者的成長背景，原因即在於此。

三、生活經驗

生活經驗對一位作家而言，可說是十分重要而深遠的創作養分，一位創作者倘若曾經歷一些特別的經驗，對於其作品的創作，自然會有許多影響。以旅遊作家而言，旅遊幾乎成為一種必須的生活方式，透過遊歷，外在新奇的人事物會對作者的心靈產生一定的刺激作用，引起作者的所思所感，待在心裡醞釀成熟，日久自然能成為一篇又一篇的創作題材。所以在進行文學評論時，也應對作者的生活經驗有所認識與了解，正所謂「知人論世」，惟有充分了解作者的生活經驗與人生經歷，才能更深入地評析他的作品。

四、寫作技巧

一個作者的寫作技巧會透顯出他個人的性格特色與創作風格。從中我們可看出作者獨特的創作理念與細密的巧思。以白先勇先生的〈金大班的最後一夜〉為例，作者運用了意識流的創作手

法，形成一種「今昔對比」的時空交錯感，讓小說的情節有了精采而豐富的變化，同時也將讀者的閱讀視角與想像力，從一個情節與時空，瞬間拉轉到下一個時空背景。透過意識流的寫作技巧，讀者彷彿也能透過作者的文字敘述，進一步窺視主角內心的心理活動以及記憶深處裡對他有著重要影響的人、事、物。

可見，當我們評論一篇文學作品的同時，如果能事先了解作者的創作背景及其個人生命經歷等等內外在因素，一定能更客觀而深入地評論其作品，予以作品一個明晰而準確的定位。

問題思考與單元習作

1. 何謂文學評論？一位文學評論家需具備什麼特質？
2. 請舉您最喜歡的一篇文學作品，從不同的評論角度，審慎而客觀地進行評論。

圖解：文學概論

作者與作品

作者與作品	創作意圖：作者常將個人的思想與情感融入作品中，透過作品表達出想法。例如唐小說〈定婚店〉，作者即有意透過小說來反映並諷刺唐人注重門當戶對的婚姻觀。
	成長背景與生活經驗：作者的成長背景與生活經驗會成為創作之養分，並或多或少融入其作品中，形成獨特的風格。以黃春明的作品為例，自幼生長於民風純樸的宜蘭鄉下，所以早期的作品多描寫鄉下小人物的生活樣貌。
	寫作技巧：寫作技巧會顯出性格特色與創作風格，從中看出作者獨特的創作理念與細密的巧思。白先勇在〈金大班的最後一夜〉中運用意識流的創作手法，形成一種「今昔對比」的時空交錯感，讓小說的情節有了精采而豐富的變化。

歷代文學批評名作

作品	作者	內容特色
典論·論文	魏·曹丕	為中國文學評論之祖，提出批評論、作家論、文體論、文氣論與文用論，強調文章的價值，賦予文學以獨立的生命。
文賦	西晉·陸機	以賦體形式寫成的創作理論專文。
詩品	南朝梁·鍾嶸	中國最早之詩評專著，評論五言古詩創作及詩人，將詩作分為上中下三品。
文心雕龍	南朝梁·劉勰	為中國文學批評「專書」之祖，全書以駢體文寫成，論述文學理論、文學批評與作家評述。
二十四詩品	唐·司空圖	評論詩歌創作，分成二十四品。
滄浪詩話	宋·嚴羽	評論詩人及詩作，嚴羽因此被譽為宋、元、明、清四朝詩話第一人。
人間詞話	民國·王國維	評論詞及詞人，以境界為主，是近代文學批評名作。

參考書目

1. 王夢鷗，《文學概論》，臺北：藝文印書館，2001年。

2. 王夢鷗校釋，《唐人小說校釋》（下），臺北：正中書局，1983年。

3. 王實甫，《西廂記》，臺北：華正書局有限公司，1991年。

4. 任二北、青木正兒、唐圭璋，《元曲研究》，臺北：里仁書局，1984年。

5. 向陽、林黛嫚、蕭蕭著，《臺灣現代文選》，臺北：三民書局，2004年。

6. 安瑞・德・聖艾修伯里著；劉珮芳譯，《小王子》，臺中：晨星出版社，1994年。

7. 余秋雨，《新文化苦旅：余秋雨文化散文全集》，臺北：爾雅出版社，2008年。

8. 宋碧雲譯，《小王子》，臺北：志文出版社，1992年。

9. 李威熊主編，《遇見現代小品文》，臺北：麥田出版城邦文化事業股分有限公司，2005年。

10. 李茂政，《當代新聞學》，臺北：正中書局，1987年。

11. 沈謙，《文學概論》，臺北：五南圖書出版股分有限公司，2002年。

12. 林語堂著；郝志東、沈益洪譯，《中國人》，上海：學林出版社，2000年。

13. 胡仲權編著，《文學概論——文學研究的理論與實踐》，臺北：精準出版社，1994年。

14. 胡傳吉，《中國小說的情與罪》，臺北：秀威資訊科技，2011年。

15. 唐捐、陳大為主編，《臺灣現代文學教程當代文學讀本》，臺北：二魚文化，2002年。

16. 張健，《文學概論》，臺北：五南圖書出版股分有限公司，1983年。

17. 張堂錡、欒梅健編著，《中國現代文學概論》，臺北：五南圖書出版股分有限公司，2003年。

18. 張夢機、張子良，《唐宋詞選注》，臺北：華正書局有限公司，1993年。

19. 張曉風編，《小說教室》，臺北：九歌文庫，2000年。

20. 張曼娟，《黃魚聽雷》，臺北：皇冠出版社，2004年。

21. 張維中，《小說教室》，臺北：九歌文庫，2000年。

22. 張雙英，《文學概論》，臺北：文史哲出版社，2002年。

23. 敏澤，《中國美學思想史》，山東：齊魯書社，1987年。

24. 梁實秋等著，《名家談文學》，臺北：牧村圖書有限公司，2002年。

25. 陳列，《地上歲月》，臺北：聯合文學出版，1994年。

26. 陳冠學，《田園之秋》，臺北：草根出版事業股分有限公司，1994年。

27. 陳耀南，《唐宋八大家》，臺北：中山文庫，1998年。

28. 傅庚生，《中國文學欣賞舉隅》，臺北：國文天地雜誌社，1990年。

29. 湯顯祖，《牡丹亭》，臺北：漢京文化事業有限公司，1984年。

30. 楊牧，《現代中國散文選 II》，臺北：洪範書店有限公司，1981年。

31. 楊絳，《我們仨》，臺北：時報出版社，2003年。

32. 裴斐，《文學概論》，高雄：復文圖書出版社，1993年。

33. 劉克襄，《十五顆小行星》，臺北：遠流出版社，2010年。

34. 劉勰著；王更生注譯，《文心雕龍》，臺北：文史哲出版社，1991年。

35. 鄭愁予，《鄭愁予詩集》，臺北：洪範書店有限公司，1979年。

36. 葉維廉，《中國現代小說的風貌》，臺北：臺大出版中心，2009年。

37. 簡媜，《天涯海角——福爾摩沙抒情誌》，臺北：聯合文學，2002年。

38. 羅·埃斯卡皮（Robert Escarpit）；梁美婷譯，《文藝社會學》，臺北：南方叢書出版社，1988年。

國家圖書館出版品預行編目資料

圖解：文學概論／鄭淑娟、張佳弘著 -- 初
版. -- 臺北市：五南，2017.11
　　　面；　　公分.
　ISBN 978-957-11-8203-2（平裝）
1.中國文學
820　　　　　　　　　104012316

1X8K 圖解系列

圖解：文學概論

作　　者 — 鄭淑娟、張佳弘

發 行 人 — 楊榮川

總 經 理 — 楊士清

副總編輯 — 黃惠娟

責任編輯 — 蔡佳伶　簡妙如

封面設計 — 姚孝慈　謝瑩君

出 版 者 — 五南圖書出版股份有限公司

地　　址：106台北市大安區和平東路二段339號4樓

電　　話：(02)2705-5066　　傳　　真：(02)2706-6100

網　　址：http://www.wunan.com.tw

電子郵件：wunan@wunan.com.tw

劃撥帳號：01068953

戶　　名：五南圖書出版股份有限公司

法律顧問　林勝安律師事務所　林勝安律師

出版日期　2017年11月初版一刷

定　　價　新臺幣300元